童話式戀愛

盼兮 著

序

適才年少時，我們都有過幻想。心想著喜歡一個人，那麼對方可不可以剛好也喜歡自己。

流光徐徐，在這偌大世界，茫茫人海。或許越是簡單的心願，越是得來不易。

梨樂陪著我走過童年最痛苦的階段，他和我一起成長。

我們是最明白彼此的人，也因此我們中間有太多複雜的感情和問題。就像平衡木上，我們各自僵持一邊，誰都不願意打破平衡。

而學長是出現在我們之間最後的平衡點。如果我並未走近他，也許故事的結局會不一樣，或許在梨樂面前，我會妥協；又也許我還是會遇見他，以截然不同的方式認出對方。

但其實，愛情裡不需要如果，只要因為命運不期而遇的我們都能好好過，這樣就好。

目 次
CONTENTS

Chapter 1
玻璃鞋

日子在走，回憶停在過去未跟上，所以才痛。

「如果能再見到妳哥，妳恨他嗎？」

梨樂在凌晨三點多的時候撥了電話給我。

我沒接到，只收到了訊息。

二月的空氣還帶著冬天的寒氣，一早醒來，難得看見灑滿室內的柔和陽光。我沒有多在被窩貪睡片刻，抓著床邊的制服從床上爬下來。

寂寞很溫柔。往領口別上蝴蝶結，盯著白花花一片的牆壁，我忽然脫口而出。

像在夢裡，現實竟然帶有虛幻感。

打開手機時愣了一下，隨即闔上手機，大概是睡前和他討論起最近的報告，他忽然地有感而發。

如果能再見到妳哥，妳恨他嗎？

小時候梨樂很常問我這個問題，我已經忘記最初的回答。但至少現在，答案是無解。

拉了拉外套，我獨自在空蕩的公寓簡單地吃了早餐，洗乾淨了盤子放回烘碗機後，我提著書包離開公寓往學校的方向走去。

才一走到巷子口，熟悉的身影就出現在我視線內。

「早安。」

「早。」我停下腳步。

梁梨樂。我們是青梅竹馬，與我住家距離只有一個巷子之遠。他是喜歡我的，他在八歲那年向我告白，但被我拒絕。

我們之間，一晃眼就是十年的情誼。我們給彼此預留了各一個剛剛好的距離，當一個往前時，另一個停在原地，誰也牽制不了誰，最後乾脆原地踏步。

他走過來提走我的書包，「妳沒睡好嗎？」

「挺好的。所以就漏了你的電話。」

他看起來神采奕奕。

「那也不是什麼要緊的問題。我也沒想到那麼晚了，只是在整理資料的時候，忽然想到，有點好奇。」他頓了一下，開口有些遲疑。

我哥啊，十年前我家發生火災後，他從此下落不明，失蹤事小，問題是，我哥被列為引發火災的嫌疑人。

「我不確定。」我搖頭，抬頭對上他不正經的笑容，我改變主意收回原先要接下的話，「不過我不是說過，我們不要一起上學了嗎？」

「今天是剛好經過。」他一臉理所當然。

我哭笑不得。

昨天是要去寄信，投我家附近的郵筒比較方便，前天是被狗追跑來我家避難。總之，不管怎麼拒絕，他總有辦法有理由解釋。

「算了，以後我經過你家再出來就好了。要是我太晚起，你不知道要等到什麼時候。」要是運氣好，可以偷跑。

「不麻煩。」他看出我的心思，彈了我一下額頭。

其實我並不是排斥他一起陪我上學，只是梨樂在學校挺引人注目的。我還想低調生活。再說了，世界那麼大，可以選擇陪伴的人那麼多。我未必是最好的選擇。

在我看來，梨樂很像是那些過度保護欲的家長，但我們分明一點關係也沒有。

「我猜，妳一定在心裡抱怨我過度保護。」

「知道就好。」

「也不知道最一開始是誰說喜歡有人陪著一起上學。」

「情況不同了。」

沒想到他還記得，十年前我無心的一句話，小時候，我和哥哥是上同一間小學，因此，哥哥總會陪著我進教室後才離開。習慣有人陪，習慣身邊多一個人，當時承接這些習慣的人就是他。

「再說，我也習慣和妳一起上學了。」梨樂低下頭看著我。

「你現在也可以開始習慣自己一個人生活。」

他勾著我的肩，揉亂我的頭髮，「那妳要說服我。」

兩人的身影在陽光微暈下，有點朦朧，看得我如夢似幻。

也許我們都是，同樣的霸道。沉溺在自己以為的世界，想像著四周浮現的夢幻泡泡，縱然知道只要一戳就會破裂，仍舊假裝它是塑膠球，多少還能再持久一點。

「當我的女朋友不好嗎？」梨樂有意無意地發問，搭在我肩上的手臂絲毫沒有要放下的意思。

這已經不是第一天突發奇想的問題。

然而，聽到問題的瞬間，我還是愣住。

「不好。」一貫的回答。

多數情況下，我寧可死守著幻想泡泡能高飛遠走，而不是在眼前稍縱即逝。

「沒關係，我會等妳，來日方長呢。」他放開手露出笑臉。

我輕輕地搖頭。推著他繼續前進。

海枯石爛的誓言。

有多少甜言蜜語和轟轟烈烈的愛情，都葬送在那奢侈不可能的承諾裡。但是絕大多數的人選擇一頭栽進那陳腔濫調的約定，假裝自己已經身在其中，但是泡泡暴露在現實久了，還是會破裂。

太過美好的現實只會招來質疑。

「欸未雨。」洩氣了幾秒，梨樂又恢復正常地追了上來。

「幹嘛？」

「我們去放風箏。」他偏著頭，帶著孩子氣。

我納悶地抬起頭，隨即會意過來，遠遠的天另一端有幾張風箏。以前還住在舊家的時候，鄉下生活假日沒什麼事。

我大力點點他的額頭，「數到三，誰先跑到學校，你贏我就跟你去。」

「說話要算數！」梨樂張大眼睛，閃著一絲光芒。

我莞爾，但忍著不笑，「我數了喔！預備、」

一聲驚呼，梨樂在的三聲落下瞬間一個箭步衝出去。

「要到校門口才算喔！」在他背後，我拱起雙手在嘴邊，忍不住笑出來。

可不可以數到三，我們再也不要糊里糊塗，彼此都停下一個空間去容下彼此。

愣愣地望著窗外，想起早上梨樂聽到我的回答後還是很溫柔的微笑，但是正常人被拒絕以後應該會很失落而不是不為所動，那個時候，他的微笑背後也許很痛。

我勾起一年前梨樂送我的御守，胸口揪了一下，不是心痛，但是心疼。

兩個人會相遇，並非是外力使然，而是必然，注定會出現的人，縱使經過一波三折，歷經人生風雨，仍會出現，因為這就是命運。

也許我和梨樂，早就注定了命運。

剛把下堂課的作業交出去，一轉身我便對上一雙灼灼目光，眼神熱切地好像我再稍停三秒再轉身接收到的便不只是熱情。

「交個作業也蘑菇成這樣。」澄希勾住我的肩膀。

「交個作業又耽誤了妳的什麼事？」

「我上次跟妳說的那個超級大帥哥學長剛才經過我們班！都怪妳，上一節下課不交偏偏這個時候交。」

我拍掉她舉起來抗議的手，「怎麼，剛才我不交作業的話難不成妳要衝出去？」

轉學進來的時候，帶我熟悉校園的正是坐在我隔壁的澄希。在台上自我介紹的時候，我就注意到這個長相清秀的同學。深入了解後，才發現人不如外表，澄希並不是像外表給人的觀感那樣文靜，她實質性格是活潑外向，且她直爽個性讓人覺得很好相處，我們很快就成為了好朋友。

不過，我們會成為好朋友，我其實有點驚訝，因為我一向不善於交際，和別人交談總是客套居多，可能就是所謂的一長補一短，澄希的健談剛好補齊了我的寡言。

「沒意思。」她撇撇嘴，一會又意味深長地開口，「我們女孩這個年紀就是該好好把握機會看帥哥，等妳出了校園，看妳去哪裡看。」

我朝門口做一個請的動作，「那妳站在門口吧，還有半天課，看妳要看多少就多少。」

嫌棄地撥開我的手，「那個不重要，就是下個月校園音樂會，妳一定要來看，這次聽說辦得不錯！」

澄希的皮膚很白晰，好像一掐就能掐出水，一雙眼睛古靈精怪的，看的人心情都跟著活潑。

「有空我會考慮。」我訕訕道。這樣的活動我八成的機率不會到。

澄希啊的一聲，露出不滿，「妳每次都這麼說。」

我只是笑沒有答腔。

「我今天早上看了妳的星座運勢。」

「妳知道我不信這個的。」

澄希撇撇嘴，「這不一樣，這個節目的超準的！」

「請說。」

「照妳的運勢，妳將遇到一個顛覆妳命運的人，那個人會是改變妳一生的關鍵。」

「聽起來可信度不高。」

和我同星座的人那麼多，每個人都偶爾逆天命一回，這世界不就大亂。

「快打鐘了。」班長經過我們身邊比了比手表提醒。

「啊好，我下課再跟妳說！」澄希急急忙忙地補上一句。

「好啦！」我扮個鬼臉，依她的個性，即使我攔著她也沒用。

轉身之際，一名匆匆走過的男同學與我擦肩而過，一條紅色手環做成的掛飾因為摩擦力掉落地面。

「同學！」

我向轉角逐漸變遠的背影想出聲呼叫。

撿到的手環很特別。看著它有種既視感，皮革編織的帶子，摸起來很舒服。我翻到背面想看內環。

「怎麼了？」澄希聽見我的聲音，轉頭過來。

「就是，啊沒事。」

我舉著手環，一抬頭剛好看見物理老師出現在我們的視線，我趕緊閉上嘴巴拉著澄希進入教室。

□

也許人生有一回荒唐並不過分。

第一次見到那個人是在校園，對當時的我來說，那僅是無心的插曲。

只不過是我不小心把球打到樹上，恰巧是他那時經過。而他聽到我的要求很後乾脆地直接攀到樹上幫我撿球。

單純只是一個要是不用心記住，細節就會模糊失焦的過程。唯一我記得很清楚的是，他的聲音很好聽，勾著我心神不寧。

我並沒有把這回相遇和澄希先前的說法聯想在一起，等我事後感慨回想時，似乎一切都如她所說，但那都是後話。

澄希絕對不會放棄任何能到接近帥哥的機會，在聽到我跟她轉述後，一直央求我指認給她看。

「帥哥不把握，暴殄天物。」這是她的說法。

但我只是敷衍地笑了下，因為我不是一個能輕易記住誰是誰的那種人，而他的出現也並非是能夠留在記憶藍圖作為指標的那種印象。

數學課下課後，我應老師的要求到辦公室搬回作業簿和考卷。出了辦公室，梨樂站在辦公室外面，他戴著耳機，隨著音樂輕輕打著拍子，看見我出來，露出笑容等著幫我接去一半的重量。

「其實我一個人就可以了。」

我弄了一個好拿的姿勢，跟在梨樂旁邊。

「請我吃飯就好。」他不假思索。

我想起上次他硬拉我去餐廳說他比賽贏了要我請吃飯，結果他趁我去洗手間搶一步去買單結帳了。

「你就不要又偷跑去買單。」

「這就要看我心情。」他輕柔地笑著。

下課的走道人多，梨樂像是不經意地快我一步在我前面，幫我避開迎面而來的人群。他的影子拉得很長，在熙攘的人來往中，他的存在竟像是唯一的聚焦，彷若周圍如何變化都與他無干。他的身形太獨立，隔著他，反而看不清兩旁。

我推了推他的手肘。「你總是和我走那麼近，要是引起什麼不好的誤會不好吧？」

「我倒很希望可以，可惜妳之前拒絕我的時刻太剛好了，大家都知道妳不是我的女朋友。」梨樂微微別過臉。

「抱歉。」我垂下頭。

「算了，感情這種事本來就不強求。」他頓了一下。

他放慢腳步，忽然轉過頭看著我。

「我會等妳。」

又是同一句話。

他和我講話的時候，都會配合著我的高度，低下頭看我。我仰著頭，他的睫毛很長，他垂著眼，在不太明亮的光暈下很美。

「以前才看你下課跑去練球，現在怎麼一直跟著我。」我移開視線，試圖轉移話題。

「還不是怕妳又被欺負。」他露出苦澀的笑容。

我一征。

「那都是多久的事了，現在應該不會了。」

中學時期，因為我家裡出事，我跟著小木阿姨搬家也轉學，但是當時我嚴重適應不良，在班上也不太和別人交際，久了竟成為了班上欺負的對象，最初是作業簿會莫名其妙不見，或是抽屜會有少東西，我都忍下來了，直到有一天班上有人在我的運動鞋裡放圖釘，事情才被梨樂知道，後來也是梨樂出面，我才不再受到欺負，可是一直到了畢業，我還是一個朋友也沒有。

剩下的路程，他沒有再搭話，我也沒有主動開口，就這樣沉默走下去。

「到了。」他在班級門牌前停下，「剩下我搬進去就好。」

不等我反應過來，他搶先拿走我手上的作業簿，一個人搬動四十人的作業簿和考卷，高高疊起的簿子幾乎遮住他的半張臉。

「等、」手中的重量一下空去，像是忽然被人抽空一切，我還愣著。

「沒關係。」他的聲音中還有一點溫柔。

還是那句話。

語落，他用手肘推開前門，側身走入，留下呆愣在原地的我。

有時候，我會有這種感覺，我們之間好像有道無形的牆，他是試圖推開朝我靠近，而我無動於衷。

□

獨自一個人走在圖書館。

「我幫妳借到書了。」

「謝啦，明天幫我帶去學校。」

一手抱著書，一手操作著手機。經過飲水機前，忽然聽見似曾相識的聲音，我不由得停下來，聲音的主人離我僅有一步之隔，從側面看不不出什麼端倪。

「我知道了。」

對方的聲音並不特別，但縈繞在心頭，無限糾纏，彷彿能把心穿出一個洞。

難道其實我是隱性音控？

「待會見。」

對方沒有注意到我，掛上電話後直接往前，剛才太過沉浸在對方的嗓音裡，忘了自己就擋在他面前，來不及反應，我和他結結實實的相撞，書和保溫瓶雙雙落下。

銀藍色的保溫杯滾到飲水機旁邊發出哐的一聲慢慢停下。

「不好意思。」

「沒關係。」

我幫忙撿起保溫杯還給他。

「那個書、」

「不要緊，待會出去曬太陽就乾了。」

抱著濕透的書我往後走去，走沒幾步我踩下煞車，在電梯口停下腳步。

那個聲音，我好像想起來在哪裡聽過了，連忙轉過身。

還在，他並未離開。

「有什麼事嗎？」

「上次謝謝你幫我撿卡在樹上的排球。」

沒想到竟然會在這種情況下再度相遇。當時我和他都趕著上課，還沒來得及道謝，一眨眼的工夫他就不見人影。

「原來妳是上次那位同學。」

他也認出是我。眼睛微微睜大了一秒，又恢復原本的瞇瞇眼。

「書的事真的很不好意思。」低頭看到我手上的書，他又道歉。

「沒關係。」我搖頭，「上次幫忙撿球應該沒有害你遲到吧？」

「稍微遲了三四分鐘而已。」

走回飲水機旁邊他打算再度裝水，但熱水沒有了。最後他放棄裝水，因為連溫水和冷水的選項也沒有了，他重新拉上口罩，只露出三分之一的臉。

「給你。」

見狀，我遞給他我的水壺，裡面的溫水是新添的，盯著他把水倒進自己的保溫杯，我接回空的水壺。

「感冒就趕快回家休息。」

他喝了幾口水後，又再度將臉藏匿在口罩下。

「我有約了。」他的眼睛在剩下的三分之一面積中，彎成一個月型。

「那就取消！」

之所以能說出這麼不負責任的話，是因為我們不熟識，頂多再多搭腔了幾句，便再度分散，只不過是彼此生命裡突然露臉的路人。

「好。」但他說。

「這麼乾脆？」我愣住。

「反正也不是很重要的約會。」

下一秒，我隨即意識到要是婉拒的是和女朋友的約會，那麼我不就壞了別人的好事。

「只是，一個好久沒好好聯絡的兄弟。」他接話。

還好。我鬆了一口氣。

他很安靜地凝望著我，一雙眼成半月形狀，隔著與我三步遠的距離。

我們之間只留有剛好的緣分，不夠讓我和他再繼續深入了解彼此，連當朋友的情分都是不足。

低頭瞄了一眼時間。

「我先走了。」我率先打破沉默。

背後的電梯剛好打開，走出零散的幾位學生。我低著頭就要走進去，在電梯再度闔上前，一隻手從後面抓住我阻止我踏入。

「我們搭下一班。」不是給我解釋，他向前一步對緊急按下開門按鈕的女同學說。

無聲地電梯門無聲地闔上。

「妳不會看一下嗎？」他猛然鬆手。

一下失去重心，我腳步不穩地往後退了幾步。

「什麼意思？」

「那是往上的。」

「真的耶！」

他按下往下的倒三角形按鈕，「我也要下去，就一起搭吧。」

進了電梯後，他忽然開口。

「我還不知道妳的名字？」

他的聲音在空蕩蕩的電梯間重重落下。

「我們，還會再見面嗎？」

「這個嘛，我也不知道。」他聳肩。

好不負責任的答案。

「簡未雨。」

聽見我的答覆，他並未立即答話。

空氣凝結了安靜下墜，背後電梯的大片鏡面，倒映著我和他的身影。

「你呢？」

「陸邵凡。」

那天道別後，我再沒見到他。不經意間和澄希提起巧遇的事，她直呼可惜，連著拉我去圖書館，吹了三天冷氣後，卻一次面都沒碰上。

□

習慣寂寞的人不一定喜歡寂寞。

可是如果你沒找到我，那我一定在寂寞的深處。

啪一聲我將書闔上。

早上看到圖書館網頁公告有新書，一放學，我便直奔圖書館，甚至還來不及跟澄希說再見，直接抵達六樓後就開始找起書來。

放學後的圖書館人不多，但不至於太安靜，電動門開合和偶爾交雜的交談聲音不時攪和寧靜。

一對像是情侶的男女牽手走過，男的將書環抱在胸口，女的緊緊地牽著對方，十指緊扣。我認為，在圖書館是為情侶製造浪漫的地方，而非相反，要在圖書館遇見真愛，我不相信。

剛升專一的時候，我看太多愛情小說，為了試驗，我犧牲假日和朋友出去玩的時間，跑到圖書館，呆呆站在書架前一整天，想看會不會真的遇到Mr.Right，每個樓層都挑不同天試試看，結果，我因為脖子抬太久扭傷，貼了整整一個月的消炎貼布。後來，我挺洩氣的，一度不看愛情小說，因為太難過了，為了這件事，我還被梨樂笑了好久。

沒想到，事情過後一段時間後，有一天我自己來找書，真的讓我遇上了。只是他不是所有女孩心目中的帥氣學長，或是帥氣逼人的學生會會長。最少我是這麼認為。

而這也是我和小江認識的過程。

「在找書？」

一顆俐落推高的清爽短髮從書架另一邊探出。

才剛想著人人就到。小江只露出半張臉，一雙黑白分明的眼睛，帶著孩子氣。

「那本。」我不假思索，往高我一顆頭的書架上一指。

小江和我存在所謂最萌身高差，我只長到了一百五十五公分就停止長高，吃了很多藥都沒用，小江和我只差一歲，卻足足高我有二十公分多。

他毫不費力地拿下放在最上層的書。

「拿去。」

「謝啦。」我不客氣地接過書。

小江是圖書館員，就讀學校大學部，算是我的學長，但我習慣直接叫他小江，而不是學長。他本人倒是不在意。

「上次借的妳看完了嗎？」他倚著書架。

「還沒。」

「這樣啊。」

「你要看嗎？」接著我發問。

「嗯，因為作業要交讀書心得，我實在不知道要看什麼。」他拉了椅子坐下。

「你想要看、那些書？」我盯著他，半信半疑。

「嗯。」

「小江你誠實跟我說，該不會、你的未來志願是當律師或檢察官吧？」除了這個理由，我再想不到別的可以解釋一個所學和法律毫無關聯的人會想唸《法律全書》和《刑事法典》。

「怎麼可能。」

「我可以知道理由嗎？」我收起玩笑心態，認真地問道。

小江此刻臉上也不見以往胡鬧，語氣嚴肅無比，「因為我好像、」

他的音量很小，我必須要靠很近才能聽清楚，「因為你？」

「我好像快被當了。」

「什麼啦！」我舉起一旁的書砸到他身上。

小江一邊閃躲，一邊接我丟去的書，他把小說折到的頁面翻正，然後放回桌面。

「我是認真的，我已經和同學想好報告主題，這次要認真了。」

「是是是。快被當的同學加油！」

「不過，你又是為什麼要看那些書，我還記得第一次遇見妳就是在法律系的書櫃附近。」

「啊，只是興趣而已。」我尷尬地笑。

「莫非學妹妳、」小江靠上前小聲道：「也快要被當了吧？」

「並沒有。」

「我只是開玩笑。」他靦腆一笑。

「我這幾天看完拿來給你。」

他點頭，沒有繼續胡鬧。

相同的空間，如此相異的我們，卻相聚一起，各自做著手邊的事，各自分享各自的孤單。正是因為咀嚼著那份相同的孤單，我們才能如此靠近。

這世界有種寂寥，四周人有再多歡笑，也與我無關。全世界都相愛著，只有我一人孤伶著。

我放下手上看到一半的小說，小江正好起身。

「要走了？」我用唇語無聲問道。

「嗯，有點事。」

一如以往的溫柔，他順手拉上窗簾，收拾了帶來的文件夾，我起身想幫他一把，不注意絆到了腳邊的書包，往前摔了一下，小江出手扶了我一把。

「小心一點，要是摔傷臉了怎麼辦？」

正要應和的時候，我後腳勾到了背包再度絆住。

「才剛說完，又不小心！」他眼角微彎，我覺得很像貓。

他彎腰把我的書包移動旁邊的推車上，上頭零散幾本書，因為突然加入新的重量，倒下了幾本書。

小江的手心很溫暖貼在手臂上，移開後還留有餘溫。

「謝謝。」

他識相的抽手。

放在旁邊的手機震動了一下，我瞄了一眼手機。

「梨樂說有事要上來找我。」

「妳的書還沒借吧，我幫妳。」

我拿出學生證和書一起拿給他，「麻煩了。」

大概在書櫃間晃了一圈的時間，我便瞥見梨樂的身影就出現在自動門前面。

「嗨！」

我走到他面前，他的頭髮在滴水。

「下雨嗎？」我半開玩笑，他的背包上的摺疊傘是乾的。

「沒啦，我剛去打球。」他拿起毛巾擦胡亂擦頭髮。

「外套穿上，這裡冷氣很強。」

「我沒帶。」梨樂聳肩。

「妳冷嗎？」

「有點。」

六樓的冷氣設備前陣子剛換新，強勁的風壓得我起雞皮疙瘩，像是應和我的心聲一般，一件薄外套罩到我身上。

「穿上吧。」小江的聲音冷不防從後面冒出。他雙手輕輕貼在外套上阻止我脫掉。

「謝謝。」

外套的尺寸對來說我太大，我往上摺了好幾摺才讓手掌露出來。

將書籍連同學生證放在我旁邊的飲水機上，小江體貼地退後留我們兩個人獨處。

「那我先走了。」

「小江。」

他停下腳步。

「再見。」我揮了揮手，「外套我洗過再還你。」

看著小江的身影慢慢消失在自動門。

「妳應該知道他不姓江吧？」梨樂的語氣很差。

「知道。」

小江其實姓張。

梨樂會認識他，是因為在同一個社團的緣故，梨樂參加的是大學部的社團。

「你應該知道小江其實是同性戀吧？」我推推他的額頭。

「我不相信。」半晌後，他才開口。

老實說小江對我坦承的時候我也難以置信，或許從外表來評斷一個人真的是錯的。

「你在吃醋？」我小心地開口。

「對。」

我不由自主地往自動門的方向看去。平常這個時候，通常都會看到小江在這裡整理書籍的身影，現在只剩下他剛推來的推車來做為他曾經來過的證明。

梨樂依舊憂鬱地看著我，看著我身上的外套。

記得小時候，我常和他鬧脾氣，每次我一生氣，梨樂就會捏我的臉，然後說我是「小豬」。我因為太害怕會變成豬，所以很快就會氣消。現在想起來，豬還挺無辜的。

我作勢捏他的臉頰。他依舊沉著一張臉。

我將他的臉頰捏成笑臉。

「你才是豬，還是一隻大豬。」

梨樂矮身閃開我的攻擊，一不小心，他碰到我放在旁邊書架上的文件，最上層的文件夾掉落地面，未合緊的資料全散落一地。

糟糕。

我趕緊彎下腰要撿起文件，但梨樂的速度更快，早我一步迅速將地面上的所有文件收集起來。

「謝謝。」我伸手想要回資料夾。

伸手一摸卻摸空，我抬起頭，梨樂用力握住資料夾，緊迫盯著我。

「妳果然還放不下他，為什麼還要繼續追查妳哥的下落。」

「我只是……」心一沉。

我無法替自己辯解，因為是事實，我就是執著，就是放不下。

還是被發現了，這些年嘴上說不在意，行為上也表現出走出傷痛，可是怎麼可能，我深深吸一口氣。

「我就是放不下。」這樣可以了吧。

「別查了。」

夠了，別說了。

「人怎麼可能忘得了過去，那怕是不記得，深藏在心底裡的某一塊角落永遠記得。」

「就算真的找到妳哥哥，妳打算怎麼做？」

「我不知道，還沒想那麼多。」

「我說過，妳哥早在十年前就已經被其他家庭收養並移民到加拿大。」

「我哥哥的事，你少管。」說完，我就要搶回資料夾。

這次梨樂乾脆將資料夾舉高超過頭頂。

我總有一個預感，哥哥還在國內，一直還在，而且這十年從未離開。最近，我甚至有種他就在身邊的錯覺，但這種話要怎麼說出口，有誰會相信？

我跳高，試圖搆住他的手臂，一個重心不穩，我往前撲倒，梨樂正閃著我，看見情況不對，趕緊伸手拉住我，免得我摔倒。順勢我拿回資料夾，但同時也被他攬在懷裡。

我和他同時停下呼吸。

很快，他鬆開手，抓住我的手臂好整以暇的將我扶正。

「別查了。」

他說。

刻意壓低自己，他強迫我看著他。

「萬一妳查到的那個真相妳承受不了，我會心痛。」

□

離開圖書館後，我們找了離學校最近的茶飲店。坐落在偏僻一角的店面，大多數的客人都是同校的學生。因為不是熱門時段，客人不多，出餐效率很高。

我認出從門簾後走出的服務生。

「妳果然在這裡打工。」

「對啊。」澄希看見我，露出開心的表情。

即便將即肩長髮梳成包頭，穿上了員工制服，澄希依舊是澄希。伸手把垂落的瀏海塞到耳後，她對我嫣然一笑。看她服務的架式，還有幾分成熟韻味。

空氣間瀰漫著難以言喻的氛圍，走回櫃檯後，澄希把音樂切掉，換成不符合店面氣質的爵士樂。我隨著音樂踩著拍子。

今天除了探班好友外，還有另一件事要做。喝了一口巧克力，穩定一下焦躁的情緒。

「所以，你說有事，是指什麼？」我開口。

梨樂放下馬克杯，開始在書包裡翻找東西。

回應我好奇的視線，出現在面前的是一封天空藍的信函。捏在手心裡，上頭還有淡淡的香味，是紫羅蘭花香，信封的厚度大概有一兩張紙。

我不明所以的搖搖手上的信封，梨樂又笑。

「這是什麼？」

那分明事不懷好意的笑。

「打開看看。」梨樂催促著我。

信的封口已經被開過又重新黏上，但看得出來後來加工的技術很差，我輕輕一剝就打開，倒出內容物，裡面確實有兩張紙：一張是和信封相同色調的信紙，另一張是一張影印紙，上頭是機票的掃描檔。

輕輕打開對折的信紙，上面只有一句話。

很簡單，僅有四個字：「我回來了。」

用鋼筆一筆一劃勾出柔美的線條，會留出這樣像是恐嚇信令人摸不著頭緒的訊息只有一個人。

正想著，我便看到梨樂笑得很燦爛，也很詭異，好像憋著什麼大秘密卻沒人想聽。

「樂樂要回來了？」我放下信封。

睥睨著眼前的人，他正在喝他的熱奶茶，聽見我的問題，奶茶還含在嘴裡，對我露出一個似笑非笑的表情。

那就是肯定了。

梁家姐弟的個性我太了解了。故弄玄虛，單四個字就足以形容他們。

「想她嗎？」

「當然。」

折手指數一下時間，我已經快一年半沒看到她。

樂樂和梨樂差三歲，一年半前她到法國學美術，聽說成績還不錯，作品還在當地畫廊參展。

「我可一點也不。」梨樂擺擺手。

「不過，怎麼突然要回來。」

「她想申請回來這裡的大學唸。」梨樂文不對題地回答。

「哪所？」我困惑的問。

梨樂家境還不錯，要回來應該不是錢的問題。

「我們學校，大學部。」

我才剛喝一口巧克力，還沒吞下聽到回答差點嗆到。

「喝慢一點啦，又沒人跟妳搶。」梨樂被我的反應嚇到，但還不忘揶揄我一下。

壓著胸口，緩了些會，我才繼續接話。

「我們學校美術不強啊！」

雖然大學部評價不差，不過畢竟不是美術學校，比不上外國藝術大學啊！

「聽說是男孩子問題。」梨樂接了一句毫無關聯的話。

我緊張地握著杯子看著他。

「樂樂她失戀了？」

看過樂樂本人的都知道，她外表看起來一點也不像學藝術的，人是長得漂亮沒錯，但第一次見到的人常誤會樂樂是男孩子，美男子的那種。

聽梨樂說過，樂樂在高中時期被告白過，對象大都是女孩子。

「不是。」

「還是樂樂她，終於受不了決定要變性當男生。」

輕笑否決了我的疑問。

「我姊她啊！妳看她平時打扮成那樣，過去是有故事的。」

我沒答腔等著他繼續解釋。

「她出國是為了確定自己的心意，現在她終於弄清楚了，所以就沒有必要繼續待在國外。」

停了半晌，我和他都沒有說話，恣意放任輕快節奏的音樂流蕩於我們之間。

「樂樂喜歡的人在大學部嗎？」我隨口答著。

「對。」

我隨便說說竟然說中了。

但梨樂顯然沒有和我一樣的激動心情，他搖晃著杯子，杯內還有大半的奶茶，淡淡的茶香混著可可香，他臉上有著不明顯的恍惚，「他是姊姊的初戀。」

「初戀啊。」好不真實的名詞。

「她喜歡上他到今年，剛好第十年。」

不知道是不是我的錯覺，他的最後五個字發音很輕，像是有意不想去強調。

「堅持這麼久好厲害。」

「只是有點可惜，即便她回來了，他們還是錯過了，我姊她必須要從二年級開始重讀。」

「那個人在三年級嗎？」我猜。

「對。物理系的。」

「這段時間，樂樂她還好嗎？」我拿起薯條沾著蕃茄醬在盤子上畫圈。

「她喔，應該過得不錯。」

看不慣我的動作，梨樂快速抽走我手上的薯條然後吃掉。

記得最後一次見到樂樂是一年半前送她到機場的時候。那天，一個普通的雨後晴天。我剛從學校回家，就接到樂樂要搭機出國的消息。到了機場看見樂樂，她穿著長袖襯衫和牛仔褲獨自拖著大行李，衣著隨便的像只是要去郊遊過幾天就會回來。

離別前，她給我了一個音樂盒，是木頭雕刻的。

「我姊給妳的音樂盒，妳還留著嗎？」

收下音樂盒的時候，梨樂也在旁邊。

「在啊，怎麼了？」有點驚異他會在這時候提起。

「妳有帶在身上嗎？」

音樂盒體積其實不大，我找了條線把它做成吊飾，掛在錢包上隨身攜帶。

我拿出錢包，放了一段時間，音樂盒表面有點刮傷。

梨樂看見音樂盒就伸手把它解下來，看他的表情，在樂樂給我之前他應該沒有看過，他把玩著音樂盒，又輕輕地放在耳邊搖晃，但並沒有任何音樂聲流出。

因為音樂盒是被鎖住的。

「我也沒看過裡面。」我承認。

我有想過可能是它本來就設計成這樣，但有一回遇到會做手工藝的朋友，他告訴我這音樂盒是用特殊的鑰匙鎖起來的。

我打算等樂樂回來再問她鑰匙的下落，總不可能是樂樂打不開想來測我的智力吧？

「我姊其實在她離開的前一天有給我這個。」梨樂放下音樂盒，緩緩說道。

說完，他向脖子後頭伸手去，一會兒他拿下一條項鍊。

「鑰匙？」

我之前就注意過他有戴項鍊，但一直沒有仔細看過。項鍊的造型很簡單，是銀色的鍊子穿著一個銀色的鑰匙，鑰匙的造型很特別，中央是鏤空的。

「我想說我姊難得有心要買禮物給我，沒想到是音樂盒的鑰匙。」

換我拿起項鍊端看。

「不過，怎麼會突然提起這件事？」畢竟要問我音樂盒的事一年半前就可以問，何必拖到現在。

「是我姊暗示我的。」

暗示？我皺眉。

「說清楚一點。」我生平最討厭人拐彎抹角的。

「我想她大概希望我們早一點發現這兩者的關聯，但我一點頭緒也沒有，上次視訊她就直接明白地要我問妳音樂盒的事。」

「然後你看到音樂盒才想到鑰匙的事。」我幫他接完下半句。

「對。」

「不過，為了什麼？」

「這就要打開才能揭曉答案。」

二話不多說，他小心地捧起音樂盒，把鑰匙插進鑰匙孔內。

要是這是喜劇，這時鑰匙一定會對不上，旁邊就會跳出一個人大笑說：「你被騙了哈！」。

喀嚓一聲幻滅我的幻想。音樂盒一打開，一股陳年的木頭味衝出，撥開少量木屑，出現在我們面前的是一對男女陶瓷娃娃，梨樂轉動木盒內的小發條，娃娃隨之緩緩轉動，伴隨著音樂聲。

令我詫異的不是音樂盒內的精緻程度，而是上頭的兩隻娃娃。

男女成對的娃娃是王子公主造型，大小不大，只大概是我食指兩個指節大，儘管如此，娃娃本身的細節依舊非常細緻。

「是童話娃娃！」梨樂發出驚呼。

心跳漏一拍。

怎麼會出現在這裡？

梨樂沒說完，娃娃是哥哥買給我的禮物。

我一直以為這對娃娃已經跟著我搬家的時候和很多舊物一起消失不見。娃娃上所承載的回憶太多，已經超過我能接受的程度，那是屬於我捨棄的那段舊時光裡的美好回憶。

「是啊，這是小時候我哥哥送我的禮物。」我苦笑。

「怎麼會在我姊姊那裡？」

「我也不知道。」

「說不定只是剛好很像。」他雙手放在桌沿，謹慎地靠近音樂盒。

難道樂樂知道一些我哥的事？

正準備發問時，我聽到澄希熟悉的腳步聲，旋過身的瞬間，所有的動作像是按下慢動作的電影畫面。不知道從哪裡滾來的棒球滾到她腳邊，澄希並未發現，一腳踩下，整個人連同手上的托盤向前一撲，托盤撞到桌上的盤子和擺飾，最靠近的音樂盒受到衝擊應聲墜地。

喀一聲清脆的碎裂聲將我們拉回現實。

澄希撐起身，上半身全是奶茶和咖啡，好好一件制服已經是半毀。

顧不得幫她清理，我慌亂地站起來，椅子撞到牆壁絆到我的腳，我也不以為意，左手壓著桌面，我推開澄希，急得要確認音樂盒的狀態。

「碎了。」不知道是誰出聲。

我愣在原地，地上的音樂盒木頭外殼滴滿咖啡和奶茶，包覆在裡面的陶瓷娃娃破碎成碎狀，慘不忍睹。

左手掌火熱熱的，我低頭一看，上面都是血。

「妳的手！」澄希也嚇到。

她慌張地往後退，一腳踩上碎片，娃娃碎得更加徹底。

象徵過去的娃娃，在我決心要從過去的慘劇出走時卻碎裂，這樣代表什麼？

梨樂最先從震驚中恢復，在我能有所回應之前，他將娃娃碎片收集回音樂盒，然後讓澄希先回去換衣服，他把我按回座位。櫃檯後其他店員也來幫忙清理，也順便幫我們重新泡了飲料，桌上的食物也換新的。

「把手伸出來。」

聞言我乖乖地交出左手。

他輕輕按住，怕我太痛，用飛快的速度挑出刺進肉裡面的碎片。手不痛，麻麻的，和我現在的整個人一樣。

我目光抓著音樂盒不放，梨樂向櫃檯要了醫藥箱幫我簡單包紮傷口。

「回去不要碰水，洗完澡記得要再重新消毒上藥。」他叮囑我。

悶悶地望著他。

他看到我的樣子，嘆了口氣伸手就要把音樂盒收起來，我快一步阻止他。

「壞了，丟掉吧。」

怎麼可以這樣？

可是我沒有力氣反駁，事情發生得太突然，光是開口說話就足以耗損我大半的元氣。我洩氣地坐回位子，早知道就不要拿出來。

「唯一剩下的這個。」梨樂攤開來手掌心，鑰匙項鍊躺在上面。

那把打開回憶的鑰匙。

「收下來。」

我盯著他的臉，不知道為什麼忽然很累。

我們一直在等待著奇蹟，可是殊不知，我們擁有過彼此，這就是奇蹟。

「妳可以哭，在我面前不可以逞強。」記憶裡有個人曾經對我說過這樣的話。

頭很暈，像是眼前有很多小蟲子在輪流飛舞，但我眨眼，卻留不出眼淚。

欲哭無淚。

曾幾何時，在他面前，我已經無法再坦然。

□

人是一種很容易習慣的生物。一旦習慣了就很難再改變。這是因為我們總是仰賴現況來做出決定，在同樣的規矩界線裡要有點突破那並不容易。

泡了一杯薑茶，我靠著牆壁稍坐片刻，將書包隨意扔在腳邊。

我戴上耳機，卻沒有播放任何音樂，此刻對我來說，寂寞就是最好的背景音樂了。

安於寂寞的人，要是突然接受四面八方而來的喧鬧，那是一件痛苦不堪的事。每個冷僻的人背後都有一段故事，只是不為人知。

我脫掉襪子，赤裸雙足的蜷縮起雙膝。左手的繃帶有些鬆脫，抵在杯沿，熱熱的。回憶太猖狂，每段過去清晰得彷若近在眼前，卻也搖不可及。

「明天要記得帶運動服。」

我舉起旁邊的手機，澄希傳來了提醒。

信箱內有兩封未讀訊息，是梨樂和學校系統的通知，分別是「要記得換藥，明天學校見。」，以及

「近日內學校發生多起竊盜案件，請學生放學時多留意教室門窗是否上鎖。」。

有沒有可能沿著一條路一直走，都不要停，到了轉彎也一直直行，然後就能碰到地平線？

物理上，這是不可能的，不是碰壁撞得一塌糊塗就是出現「此路不通」逼你回頭，就像現實走到了某個地步，總該狠狠清醒一遍。

樂樂的音樂盒不過是適時地出現在現階段的某個岔路，提醒是時候我該轉頭。

住屋的大門是最近剛換成新的鎖，不論是開鎖或是上鎖都響亮得難以忽視。所以，當緊閉的大門發出喀嚓清脆聲響的時候，我知道是小木阿姨回來了。

「我回來了。」

我想站起來，但坐太久，腳麻了，索性我就直接呆在原地等著她走過來。

「吃晚餐了嗎？」

廚房的燈一下被打開了。

「還好嗎？」

她經過廚房前時發現了我，踩上階梯蹲在我前面。

我點點頭，試著活動腳。

小木阿姨不放心地把手貼在我額頭上，確認沒有發燒後，她幫我把書包拿到客廳。

「那妳想吃什麼？」她笑。

她放下手上的東西，是家樂福的購物袋，貌似杯麵和調理包的塑膠包裝若隱若現。

「都行。」我聳肩。

然後她盯著我的眼神有點慌亂。直到她雙手覆蓋在我的臉上，一股濕熱黏貼著兩頰，我嚐到帶著苦味的液體，留在我的嘴裡，停在舌尖。

眼淚。

原來我哭了。

「阿姨。」

我只來得及說出兩個字，因為剩下的字語帶著哭腔，比起不成句的表達更像在啜泣。

她搭上我的肩，像以前抱住我。

阿姨是，在葬禮後才和我有關係的女人。

葬禮。

這一輩子我能避免就盡可能不再參與。葬禮是，生硬地切斷生者與死者的最後階段，你看得到死者，但他卻已經不在那裡了。

然而，我參加的是我親生父母的葬禮。

這世上，有一種殘忍，是你還沒做好準備，你便失去它，而且再也找不回，那種殘忍叫做「死亡」。

我還太小，在十年前。小得來不及明白如何分辨失去寵物的悲傷和失去親人的悲傷。

而小木阿姨是，在喪禮後毅然決然地收養了我的女人。

她曾經是我母親的學生。

「幫我裝一些熱水來。」

圍上圍裙，小木阿姨開始在廚房裡奔走。

心情平復後，我也跟著進廚房幫忙。端著瓷碗倒了三分之一的水量，我往裏頭傳遞。

四人坐的餐桌要是只有兩個人坐嫌太寬闊，硬是擺上大量過去雜誌和空的吉他盒反而變得擁擠。所以到底為什麼一開始是買四人桌而不是兩人桌，這點阿姨給的回答一直曖昧不明。

推開雜物，清出的空間只夠擺上兩盤微波焗飯和濃湯。我從塑膠袋裡拿出包裝完整的蘋果，洗乾淨後拿起水果刀雕成水果花。

修長的食指挑起一片兔子造型的蘋果，阿姨看了一會後又放回水果盤。

「工作還好嗎？」

舀起一匙飯，細細咀嚼後吞下，阿姨才回答，音量不大，比較是自言自語。

「很好。」她說。

「這個禮拜有幾部不錯的片上映，要不要一起去看？」

「好啊。」

我們的互動，比較像姊妹。

這個法律承認監護人的女人，實際只有三十二歲，在家長這個行業裡，太年輕了。

我們不是陌生人，也稱不上家人，我們有最逼真的親情，也有永遠跨不過去的距離，我們只是在生命的一隅，恰巧搭上線。兩個隻身一人的旅行者，時候到了，總會有分散的那天，而我希望那天能夠好聚好散。

□

「妳說，小江是同性戀是真的嗎？」澄希一臉詫異。

回到了學校，和澄希聊天的時候提到了小江，雖然有種糟糕說出來了的懊惱，但這並不是秘密，我懊悔的是這樣就多了一個人知道了。

「對。」無可奈何，我點頭。

「天啊，那有一大票女孩子要失戀了。」

「哪有那麼誇張！」

小江長相其實還好。

「妳難道沒有在追蹤學校校花校草人氣排行？」

「有那種東西？」

「有。」不可置信地看著我，她又說：「小江是大學部排名前十耶！」

原來是我的眼界太高了？

忽然，我想起為什麼小江明明姓張我卻暱稱他小江，在看見他本人之前，我已經聽澄希講過他了。

「不過妳真好，四周圍繞的都是帥哥。」

「妳跟著我，也算四周環繞帥哥啦！」我表示。

老實說，就算周圍狂奔著一大群粉紅豬或是動物園決定在學校開分院，我都不在意。某些時刻會去記住一些事，只是剛好那句話在我腦袋裡多思考了一秒，然後變成印象中好像有這麼一回事。

數學老師經過班上順道進來提醒作業，澄希轉頭過來，一臉不開心。

「妳上次數學考得怎樣？」

「還可以。」

「老師說考不及格的要留下來輔導了！」

澄希數學不好，大概是名單之一。我拍拍她的肩。

「每個人都有擅長的地方，像妳體育就比我強太多了。」

我們總是直覺以自己的水準去判斷他人的成果。我們比照自己的水平恣意給出渴望或是同情，其實那都是不必要的，我們需要的只是確認自己的能力，而非從他人的表現來比對自己的優越或是低下。

說來巧，霎時出現的聲音化開尷尬。

「學姊！」

是姿怡，澄希的學妹。熟悉的身影在我們面前煞車，青春洋溢的側馬尾在眼前甩動，我有種衝動要去抓它。

「學姊，這是我昨天試做的餅乾，要送給妳的。」姿怡雙手捧上，保鮮盒裡是整齊並排的手工餅乾。

「未雨學姊也有。」

姿怡和澄希的關係很好，兩人從認識之後就經常一起活動，但我比較喜歡說，姿怡很崇拜澄希。在球場上的澄希，真的很帥。

我道謝後，接過餅乾。是咖啡口味的。

只來得及確認在嘴裡化開的咖啡味，剩下三分之二的方形餅乾就生硬地被搶走。

梨樂的身影落在我的視線，我們的視線裡。

「學長！」姿怡反射地張大嘴大叫。

澄希也停下動作，她們的驚訝來自於梨樂本身。而我的驚訝則是停留在他最後的舉動，他毫不遲疑地吃掉手上剩下的餅乾。

沉默，很尷尬的凝滯，但也有可能只有我這麼認為。再度打破僵持的是姿怡。

「學，學長，請吃。」漲紅了臉，姿怡用了和剛才一樣的姿勢捧上保鮮盒，這次她面向的是梨樂。

「不用了。」梨樂笑著推回。

姿怡臉上的失望一覽無遺。

「學妹是烹飪社的嗎？」

「是的。」

「姿怡是烹飪社的副社長！」澄希自行加上一句。

「很厲害。」梨樂露出一如往常的笑容。

梨樂的存在本身就很引人注目。

很快的我就感受到從四方投射過來的目光，只是不管是我、澄希還是姿怡，都不是被注視的焦點，鎂光燈下的主角永遠只會有一位，而再怎麼搶眼的配角終究只能是陪襯。

「給妳。」略過姿怡和澄希，梨樂走向我。

他從口袋裡掏出皺巴巴的藥袋塞到我完好的右手。

「這是消炎藥，裡面有止痛的成分，要照三餐吃。」

下意識我藏起左手，但還是被他看到。

「妳沒換藥！」

「我昨天洗完澡後就睡著了。」

他輕輕地抓著我的左手，上面的繃帶已經掉得差不多了。昨天晚上睡著後，早上還睡過頭，根本沒時間換藥，我只勉強貼上ＯＫ繃遮住部分傷口。

但綜觀左手掌，依舊令人觸目。

「走，我帶妳去保健室。」他扯著我的手，轉頭就要帶走我。

「不要。」

「抗議無效。」他更用力地拉著我，把我帶到他身邊。

掀開一角的ＯＫ繃因為他的大手覆蓋再度貼合，但未被藏住的傷口卻因為些微扯動而隱約刺痛。

四周的視線比傷口的疼痛更讓人在意，大家都認識梨樂，就算不認識，只要看見他的長相，很難不認識。這麼一來，站在他身邊的是誰自然就成了焦點。

現在梨樂尚未有女朋友的事已被公開，那個空缺自然備受矚目著。

但最重要的是，大家都知道他曾經告白失敗過，而拒絕他的那個人是我。

可是我現在，在他身邊。

從保健室走回教室時，午休時間已經結束。

澄希坐在我的位子上。她看到我，對我露出笑臉，那分明是沒有溫度的笑容，像是在畫一條直線不小心在尾端向上勾，冷冷的。

「還好嗎？」

我點頭。

「我沒事。」

「未雨。」

「嗯？」

「我記得妳拒絕了梨樂的告白。」

她丟下問題，戳破我們之間不平衡的平衡。

「對。」

這不是秘密，因為梨樂在公場合告白，而我拒絕了。

澄希站了起來，換我坐下。

不對勁。

我吞了吞口水。

有時候，有些感覺是沒有形容詞的，它就是一種感覺，不是快樂，不是悲傷；不是憤怒，也不是懊惱，就像這個時候。

澄希很高，站在我面前，我必須抬頭才能完整看清楚她。

「這對梨樂不公平。」

我沒有回應，咬著嘴唇等著她繼續接話。

「妳給他太多曖昧。」

「我並不是故意要這樣對他。」

「妳已經拒絕過他一次，妳這樣只會不斷地傷害他。」

這樣是不對的。她留下最後一句話後轉身離去，餘音在空氣中攪和，然後鐘聲響起。

我從來沒有想過，澄希有可能喜歡上梨樂。

Chapter 2

紡織機

即便不確定未來走向，時間仍會持續進行，於其中的失去，無界線。

我攤開手，手心中央的細沙隨著強勁的海風快速消弭，用力眨眼擠掉不小心掉入眼睛裡的沙礫，眼前一片水氣茫茫。

「我小時候，家裡有養過一隻狗。」不知道為什麼看到海，我會想起這件事，我轉頭向一旁的澄希說道。

那時候舊家靠海，每天下課後我和哥哥的固定行程便是遛狗，有一回恰巧繞了路走經過了海邊，海潮聲、藍色大海和白色沙灘對當時的我們都是很新鮮的體驗，兩人一狗就這樣發現新大陸似地三天兩天就繞路到海邊玩，走著走著也就變成了一種習慣。

「是一頭黑色的狼犬。」我伸手比劃著，「大概這麼大。」

「嗯。」澄希踢著跑進鞋子裡面的沙子。

「摩多。」我小心地唸出名字，「牠叫摩多。」

「我可以看嗎？」

我搖頭，摩多在十年前的晚上失蹤了。記憶已經模糊，但閉上眼，彷彿一聲呼喚就能聽到摩多活力的回應。

澄希打開自己的手心，露出裡面近乎相似的兩枚貝殼。

「我要把它做成項鍊，妳也一起吧！」

我沒說話，只是點頭微笑。

她舉著貝殼，「為了我們的友誼。」

「友誼。」我重覆她的字尾。

「對。」不容置疑，她大力點頭。

要是把貝殼穿成項鍊來很容易，要為所謂友誼證明卻太脆弱，就像當初我硬是留下摩多的項圈想當紀念，在搬家的時候一起和很多舊物被丟棄。

紀念本身就是一件傷感的事，寧可不要。

我稍稍仰頭，一隻手抵在額頭遮住太過刺眼的艷陽，澄希穿了一件米色雪紡長裙，裙襬散開在海風中，像是散落的花卉。

風中帶砂，我預期會嚐到鹹味，然而卻是淡然無味。我以為走著走著她會慢慢鬆開手，但她沒有，結伴同行的同學往我們走來，她依舊牽著我，慢慢走上前。

我們是最好的朋友——最熟悉的情敵。

又沿著海灘繞了幾圈，原想著能有機會拍些夕陽美景，浪漫的海灘照，但沒想到人都站好姿勢了，相機卻壞了。澄希氣到極點，想乾脆摔了相機，被我阻止。

我勸道，「早些時候還有拍一些照片，要是這一摔記憶卡也壞了不就更糟糕？」

想想也有道理，澄希不甘願地收起相機，嚷著晚上一定要找店家理論。

「妳說這不過份嗎？前天買的今天就壞了！我還是買新的不是二手的耶！」澄希依舊憤憤不平。

我哄著她，拍了拍她的背「要不我明天放學陪妳一起去，妳待會不是還要上班？別忘了今天的作業妳也還沒寫完。」

思量了一下利害關係，澄希才開口：「也好。那相機可以放妳那邊嗎？我等一下直接就要去店裡了。」

「妳帶著上班也不方便，給我吧！」我伸出手接過相機。

她笑得很開心，「那就謝謝妳了。」

搭著公車的時候，從背後被人點了兩下，我轉頭便看見小江。我抱著相機和澄希順便託我帶回去的袋子，一時抽不出手打招呼，只朝他點點頭。傍晚的公車趕上下班人潮。車門一開，一大票人擠上來，把我擠得差點沒暈過去。

我被擠到幾乎背靠著小江站立著。他不但不介意，反而巧妙地抓著扶手，讓我可以靠著他站立，才不會站不穩。

「下次要回家，可以打電話給我。我開車去載妳回去。」他垂下眼。

「嗯？」我抬起頭，撞到他的下巴。

「妳這麼小一隻擠公車太辛苦了。妳可以盡量把我當妳的司機。」

「那你今天怎麼不開車？」他的身上有淡淡的洗髮精味道。

他很溫柔地微笑，很安靜地凝視著我。只是輕輕地含糊一聲沒有回應我。那一刻的空氣帶著一絲曖昧。

我轉頭。公車外頭下起淅瀝大雨。

□

「緊張嗎？」我看了身旁的梨樂一眼。

約好了十點出發，結果八點他就出現在我家門口當我的鬧鐘。還好今天小木阿姨不在家，不然假日是她補眠的日子，吵醒她真的很不好。

「有一點。」

梨樂形容要見一年沒見的姊姊，親姊姊，像是走過一扇門就能打招呼的鄰居大嬸。但光是來到接機處和周圍的人一樣舉大字牌，他已經換了超過十次手勢。

「緊張什麼？」我問。

「不知道，大概是怕會認不出來吧。」

「那不是緊張，那是背叛。」我想了想，反駁道。

「為什麼？」

「因為明明曾經相識的人，迎面走來，你卻認不出來。」

「所以呢？」

「兩人消耗在彼此過多的時間來換取信任，然後任意一方暫時離開後，記憶就被消除，明明雙方都一起了付出時間，卻只有一個人記得。」

沉默一些時間，梨樂輕笑道：「這是自私。」

也許吧？

記憶太深刻，我情願自私一點。可是，「有時候，也會有拚命想忘卻無法的人。」

偏著一邊頭，梨樂的眼神延伸到更遠的登機處，深邃得看不出一點情緒，但我知道他聽出了弦外之音。

說來巧，等待時久的玻璃門這時打開，霎時，一大票人湧現。

本來就不算安靜的人群像是開關啟動，一下吵雜了起來。放眼望去，人越過人，托著行李的人，接過行李的人，大聲疾呼的人，伸長脖子張望的人，不過是一回頭的時間，梨樂已經不在身邊。

推擠洶湧的人潮，夾在其中，頓時無所遁形，我徬徨地呆站在原地，彷彿回到十年前的案發現場。

突然出現的大行李勾住我的外套拉鍊，拉的我踉蹌往後，用力扯回拉鍊，推開人群，我跑出候機隊伍，來往的人潮過於頻繁，看得我發暈，從口袋掏出手機，重畫了三次解鎖，我才打開撥號畫面。

好不容易終於接通電話。

我劈頭質問，「你在哪裡？」

怕會走丟，我停留在原地。

「在你後面。」

還來不及意識到話語的含意，我一轉身，便跌入了熟悉的懷抱。

抬起頭，樂樂對我熱情的眨眼。

時間還早，樂樂帶我們到機場內的餐廳吃飯。

我點了抹茶拿鐵，輕輕嚐了一口，甜膩的抹茶味多過於拿鐵。圓桌對面樂樂剛結完帳坐下開始整理皮夾，桌上一下散落了好幾枚硬幣和收據。

「我才剛離開一步，妳就消失了。」

我將視線從發票上移開，梨樂臉上寫滿無奈。

我不悅，「下次要離開先講一下好嗎？」

「好好好！」攤開手，梨樂面露無辜。

「好啦！妳就原諒我弟一次吧！」一把勾住梨樂，樂樂探出頭對我笑。

「我考慮。」

老實說，看到樂樂出現，我心情就好了一大半。

應該問什麼？

在一年前樂樂突然宣布要到法國念書，留給我們太多震驚。應該問理由嗎？還是應該問她過得好不好？客套的話說多了，開口也變得廉價。

樂樂放開勒著梨勒的手，徐徐端起和我一樣的飲料輕輕啜飲著。

「學校還好嗎？」她輕鬆地轉變話題改變氣氛。

「還可以。」我露出虎牙。

樂樂瞥了梨樂一眼。

他正在玩咖啡杯中的奶泡，像個小孩子似的，一點也不成熟。樂樂拿了紙巾往他臉上抹去，擦掉他沾在嘴角的奶泡。

分別後相見的生疏被攪和，然後一點一點不見。

「怎麼一直盯著我？」樂樂放下紙巾。

我長長舒一口氣，「只是覺得妳真的變很多。」

原先側面線條推高帶有男孩子的中性帥氣氣質，髮尾挑染成橘紅色，現在出現在我眼前的樂樂，一頭乾淨的黑色直長髮配合臉型做了層次，也減了劉海，以前戴的粗框眼鏡也不戴了，臉上還施以淡妝。

「會嗎？」本人倒不以為意，放下杯子，將幾縷髮絲塞到耳後。

「一開始就這樣不就好了嗎？」我感嘆，「這樣還哪怕會被拒絕？告白都來不急了！」

「未雨！」梨樂疾聲。

「啊！」

「沒關係，這不算是秘密。」樂樂依舊笑著。

我攪著衣襬，略感不安。

「也許，這才是我本來的樣子。」

「這樣版本的樂樂，雖然不習慣，但我也喜歡。」

右手托著下巴，樂樂的聲音忽然空靈飄忽著，「可是他，會喜歡嗎？」

我向前傾身，伸出手搭住她另一隻手，「我不能肯定他的答案，畢竟我不認識他，但我相信他不會不喜歡的。」

「謝謝。」樂樂回握住我的手，淡淡一笑。

背景仍然吵雜，可是在某個瞬間，時間彷若停止。

在過去的時刻，我從沒想過會看見樂樂脆弱的一面，在印象中她是理性的，是不會輕易為感情煩惱的帥氣大姊，不過，印象就只是印象，不代表現實。

「姊，我的禮物呢？」話題一轉，梨樂向樂樂伸手，大大的掌心朝上，一個禮物拿來的意思。

樂樂拍掉他的手，戳戳他的眉心。「我啊。」

「什麼？」一時之間沒有會意過來，梨樂張大眼睛。

我拿起桌上的菜單啪的直接往他的頭上敲下，「樂樂就是禮物！樂樂回來慶祝都來不及了還要什麼禮物！」

梨樂抱著頭委屈地縮回去繼續攪拌他的冰沙。

看著面前是逼近完美的兩人，有時我會感到心痛。我何其幸運能遇見他們。

「在想什麼？」樂樂輕聲道。

「沒什麼。」

「其實我有買禮物，本來想當驚喜的，既然梨樂提起，那我就不要假裝了。」

經不住梨樂的柔情撒嬌，樂樂選擇坦然。

聽聞答案，梨樂歡呼，目光跟隨著姊姊，根本就是吵吃糖的三歲小孩。

樂樂彎腰打開行李箱，隨著她的傾身，腰部完美的曲線若隱若現，俐落地起身，樂樂拿出兩個白色的紙盒。

「這是什麼？」

梨樂也拿到一模一樣的紙盒正上下搖晃它。他期望會發出聲音好推敲出內容物，但並沒有。

「可以看嗎？」讚嘆的看著包裝的精細，我猜是布製品。

樂樂故做神秘，「可以。」

接到准許後，我輕輕將杯子往後推，挪出空間放上紙盒，上面有一行法文字。指腹延著凹凸的燙金色字體滑過，冰涼的，優雅的金色卻彷若要躍出紙面。打開盒蓋後是另一層包裝，黑色盒子，這回的盒面是全素無花樣或文字。等終於揭曉後，我看見的是一塊米黃色的布料，攤開後是一件小外套，兩袖另外縫上了蕾絲做點綴。

「喜歡嗎？」

還滿好看的，只是、

對面，梨樂手上拿著一件米色的外套，版型是男版的所以比較大件，兩繡有一排類似刺繡花樣的黑色圖案，圖樣座落和我剛收起放回盒子的外套上蕾絲的位子一模一樣。是情侶裝，天知道樂樂想把我們配對想很久了。

「我想了很久要買什麼給你們，剛好陪朋友去逛街的時候看到這款覺得挺適合的就立刻訂下來。」自顧自地樂樂說著。

「其實不用那麼花錢，回來就好。」我笑了笑。

「我是那種出門要是不帶點什麼東西會不安心的人。」樂樂聳肩。

「不過姊，妳怎麼知道我和未雨的尺寸？」

「這個簡單，我打給媽媽和阿姨問她們的。老實說，我還有點擔心她們會不小心說出來。」喝了一口咖啡後，她又接著說：「我喜歡驚喜，所以我也希望能給你們驚喜。」

但我不喜歡驚喜，驚喜過頭，就是驚嚇。

樂樂叫了計程車送我和梨樂先回去。

她還有事要處理，先不回家。她說。然後往梨樂手上塞了一張千元鈔票，交代一些事後，招了另一輛車往反方向離開。

「你姊還真忙啊！」我繫上安全帶，看了梨樂一眼。

「妳又不是第一天認識她，她八成要上去找她那些朋友敘舊吧！」他聳肩。

兩人的手機同時震動了一下。

我和他都低頭看了一下訊息，樂樂傳來了剛才拍的合照。我站在中間，被兩個人緊緊夾著。

「妳那什麼表情。」梨樂指指照片。

「我還沒準備好，你就按下快門的耶。」我不置可否。

梨樂嘖了一聲，然後伸手到圖片設置將照片設成桌布。

在我眼裡，梨樂分明是不成熟的孩子，長著一張孩子氣的娃娃臉，稚氣未脫，傻里傻氣的，有時很不聽話，可是我卻一直很依賴他。

如果可以，我們都不必勇敢，只是現實生活，總有人必須堅強。

偶爾，看著他燦爛的笑容，會有一切安好的錯覺，但並非如此。樂樂回來以後，我更確定我的決定，只有找到哥哥，問清當年的真相以後，日子方能豁達。

或許，真的有那麼一天，我能真心接受梨樂的一天。

□

好好的一個假日，因為那個禿頭地理老師必須兩人一組泡在鐵路博物館，太陽也夠大，就只差沒有白沙海浪，看著熱氣翻騰的黑色鐵路，好心情都沒了。

為了就地取數據資料和拍照，我和澄希沿著軌道直行。一直走，直到分岔的出現。

「妳選左邊，還是右邊？」我扭頭。

「有差別嗎？」

因為，這只是廢棄的軌道。「哪邊？」我執著。

「那就右邊吧？」澄希乾脆地指了方向。

「為什麼？」

她搔頭，「直覺。」

直覺，概括所有籠統的回答，包含了不知道或是明明知道的任意可能。真是模稜兩可的回應。

反覆咀嚼著兩字，我慎重地給了回答：「我們回去吧！」

「不走了。」

得到的音調太平板，我不確定是疑問或是肯定，但我還是當作疑問句，擅自加上了問號。

「不走了？」

「不走了。」

「好吧，那我們回去。」她有點失神。

因為腳踝扭傷，姿怡留在原先的車站。她一蹦一蹦地往我們跳過來，「拍完照了嗎？」

早上姿怡剛好去找澄希拿舊教科書，聽到我們要來勘查便興致高昂地一起跟來，可惜半路卻扭到腳。

「那我幫妳們拍一張合照。」姿怡舉高相機。

一聽到拍照，澄希眼睛都亮了，「背景要有車站喔！」

又拍！我皺眉。

「那三個人要不要也一張？」

三個人絕對不是指我、澄希和姿怡。

雖然從剛才就只是很安靜地站在一旁，梨樂的存在就是很難讓人忽視。聽見拍照要求的時候，我隱約看見他稍微動了一下。

「拍我和澄希就可以了。」我特別強調澄希兩個字。

澄希沒有反對，勾著我轉向鏡頭。即便這只是簡單的兩人地理作業，我卻抗拒不已。

「雖然是作業，但出來了就開心一點嗎！」

乖乖的又再被照了三張我才拿回相機。背景是廢棄的火車頭前，蚊子很多。拍完照，梨樂向附近的小販幫我們買了三杯酸梅湯，姿怡收起相機，打開陽傘幫我們遮陽。

「你不是說今天要和你姊姊回去奶奶家。」

跨一大步，我站到在臨近陽傘製造的陰影邊緣，只為和他也有相同的一大步之遠。

「對啊！我奶奶家就在附近，剛出來買飲料路過鐵路博物館，看到妳的腳踏車所以就跑進來看了一下。」梨樂的表情好輕佻。

早知道就搭公車。我後悔啊。

「學長，謝謝你的飲料！」

姿怡舉高塑膠杯，剛好隔開我和梨樂的視線。

「不會。」他一如既往的溫柔。

□

澄希終究因為期中數學不及格被強制參加輔導課程，她被警告要是接下來的成績還是一樣慘烈，三年級的數學算是確定完蛋了。

在某方面，身為她的朋友，我沒辦法坐視不管，便自願幫她做額外的補救教學。

找出了前幾次的平時考卷，我影印一份，將答案部份用立可白塗白讓澄希再算一遍。兩人都沒事的時間，我們相約在榕樹下做習題。

氣氛好，天氣佳。只是算數學，太不夠應景。

算不下三題練習題，澄希丟下筆，撐著下巴觀察我。

「妳在等誰？」

我確實在等人，但我並沒有做出很明顯的動作，沒想到還是被她看出來。

「要教會妳，我實在沒有太大的把握。」我搔頭。

她一驚，「那我怎麼辦？」

「所以我幫妳找了小幫手。」

「是我認識的嗎？」

「應該算吧。」

「快說，是誰？」她不死心。

她手肘壓皺了凌亂的考卷，我輕輕地抽起最上面的那張。

「快寫！」

說實話我也只是隨口問了對方，也不確定會不會真的有人來。

煩了我一陣後，澄希又低頭開始和數學奮鬥，正是午後時光，陣風帶著散開的落葉迎面而來，我撥開風吹開的瀏海。

風漸漸弱下。

桌面上幾張來不及壓住的紙片跟著落下，順著紙片的方向，我傾身要撿起紙片。

一張白紙隨著四周氣旋流動掀起，遮住視線，然後慢慢落下。又是一陣風，我正彎下腰正要撿起紙片，一下子又是漫天白紙散漫。

怎麼、起風了?

這個方向是正面向陽光,我本能地舉起手。雪白紛亂的視線裡,慢慢淡出兩個身影。

我緩下動作,瞇著眼,直到眼前的人影慢慢清晰。

是他。

「我們又見面了。」

「對啊。」

少了病懨懨的醫用口罩,這回邵凡活脫脫的站在我面前,直白的對我露出笑容,帶著幾分青澀,幾分溫柔,又帶著一分驚奇。

那份驚喜不是只出現在他身上。

「不好意思,擅自帶了其他人來。」

小江從後頭走出來,雙手插在口袋,不疾不徐。

他才是我約出來的人。

「沒關係。」我眼角一掃澄希的反應。

她震懾住了,她確實不認識他們,但她肯定知道他們是誰。

「你打電話來的時候,他剛好也在旁邊,他說反正沒事就一起過來幫忙。」

這話說得剛好,一下點醒澄希,現在對她最重要的不是帥哥而是數學!

她雙手合十。

「總之萬事拜託!」

「沒問題!」小江露出自信的笑容。

為了方便教學，小江接坐在她旁邊的空位，因此邵凡別無選擇自動填補了我旁邊的空缺。

邵凡禮貌性地先自我介紹，「邵凡，大學部三年級。」

澄希再度展現大方，幫自己和我大概介紹一下，當她終於確定身旁的人是小江本人時，我看見她的眼神裡閃過一絲激動。

不管是小江還是學長，兩人表現得都很得宜，很快地就和澄希聊起來。

無法立刻適應的應該只有我。

「要說數學，阿太應該比較擅長。」邵凡靦腆地表示。

張太凜，小江的本名。

從直接稱呼綽號的關係來看，兩人應該很熟。我邊喝西瓜牛奶邊看著他們。

「普通而已。」

「反正都比我厲害，就不用謙虛。」澄希打岔。

「既然有兩位厲害的學長了，妳的數學我就放心了。」

直接點開了目的，小江和邵凡不再多說，聽完澄希主要的問題後，開始幫她輔導數學。

小江如同邵凡說的，真的很厲害，在一旁聽，許多我僅是死背下來的解題公式，在他的解釋下，很快就恍然大悟。

中途，我和邵凡交換了手機號碼。當然，提議的是他。

「我不覺得我會有需要打電話給你。」

但我還是按下儲存，聯絡人的頭像是空的，什麼時候我也變得口是心非。

「以防萬一。」

「萬一什麼？」

「這個嘛，萬一妳需要我的時候。」他笑。

他的真實個性大概和我想像的有點出入。

果汁店的阿姨誤把微糖做成全糖，甜得我直反胃，我放下西瓜牛奶，只喝了不到五分之一，倒掉有點可惜。

但我不需要為了忍受超乎期許的糖分而挑戰自己的胃，就像我不需要被溫柔對待，過分和善的交際，我不值得。

看著他精緻的臉蛋，我撇過頭。

「這個萬一大概只有出現了一千萬次的萬一才有可能出現。」

「阿太跟我說過妳。」毫不相干的接話。但成功地引起我的注意。

「嗯。」

「妳比我想像的還要奇怪。」他笑。

聽不出是褒還是貶。

「小江這樣形容我的嗎？」

「不是。」小江插話。

他一邊解釋艱深的數學，一邊偷聽我們的對話。

「阿太說，妳是一個總是沉默，每次見面總是自己一個人，令人心疼的女孩。」

「是嗎？」我一點也不覺得自己有那種讓人「心疼」的特質。

「那你覺得呢？」

「好奇嗎？」他看著我，沉默了一會。

我搖頭。我不想繼續這個話題，要是放太多焦距在自己身上，畫面會失焦。

藉口去趟洗手間，我用冷水輕輕拍拍臉，整理下突然紊亂的心情，從洗手間回來，小江和澄希已經收拾好桌面了。

「不算數學了嗎？」

「剩下習題，我帶回家算。」

在一旁，小江剛好放下手機，「澄希說妳們都還沒吃午餐，所以幫妳們訂了披薩。」

「澄希說妳不喜歡吃速食，所以我有幫妳多叫一些附食品。」小江說。

「其實我還是會吃！」

「妳就不用客氣了，學長說要請客！」澄希大方比YA，看來已經放棄矜持。

「學長呢？」

旁邊的位子是空的。

「大邵嗎？他說要出去買個東西。」

大邵？總覺得兩人給互相的綽號都很有創意？

「不過，這不公平！」小江忽然抗議。

「什麼不公平。」一頭霧水。

「為什麼他就叫學長，我就不是！」

在一旁澄希偷偷笑著。

「小希妳解釋吧！」我懶著呢！

「這是因為之前有人在設群網站上弄個全校帥哥排行，你在上面的標注是：彷若從江南盛地走出來的富家公子。後來看到的人就簡稱小江，叫久了就習慣了。」

「還有這種東西！」聽聞後吃驚的人看來不是只有我。

「那我排行多少？」

「第十名。」

「記得真清楚！」我揶揄。

要是連數學公式都能這麼用心背，澄希的數學就不需要擔心。

邵凡回來的時候拿著兩個塑膠袋。他離開的時候，我沒有注意他是否空手，只是再見面時我覺得袋子十分眼熟。

「嗨！」小江懶懶地抬起手。

「你去買什麼？」澄希問。

勾起塑膠袋，邵凡把其中一個放到我面前。

「西瓜牛奶？」小江打開另一個袋子，是另一杯西瓜牛奶，兩杯都是微糖少冰。

下意識我往原本那杯過甜的西瓜牛奶望去，卻什麼也沒看到。

邵凡發現我的動作，緩緩道：「我喝掉了。」

「咦？」

「正確來說，是我本來想倒掉，但覺得有點浪費，所以在回收桶前面把它喝完了。」

「為什麼要這樣呢？」

「因為妳不需要。」

「你真奇怪。」我皺眉。

他笑得更燦爛，「彼此彼此。」

在他身邊，再微小的一舉一動似乎都是該被放大關懷的，他很溫柔，卻沒有任何理由。

胸口一陣情緒翻攪，悵然若失。好像什麼被遺忘很久的情緒被牽動著。

「但是為什麼買了兩杯？」

「因為，全糖實在太難喝了，所以非得要買個少糖的才能對得起自己。」

慢了一拍，因為我還需要時間去接受訊息背後的意義。

「對不起的是你自己，不是我。」我選了最謹慎的字詞回答。

「但我把妳的喝掉了。」

外送的披薩在不到三十分鐘就送達，如同澄希所說的，小江和邵凡一起分攤付了錢。

雖然不習慣被人請客，但是拒絕實在太麻煩了，所以作罷。打開盒蓋，邵凡等我們都拿了一輪後才拿起離他最近的一片。

撲上厚厚一層起司餡和大量食材，如果硬要說的話，披薩和一般食物的差別就只有熱量的多寡，非得要選擇的時候，人們往往根據當下心情以及個人喜好來抉擇。

就像愛情，存在著與本質相反不浪漫的矛盾，單純不愛與愛的選項，如此相異的兩個答案，總是能讓人多猶豫一番。

不吃披薩，不會死，缺乏愛情，也能好好地活著。

「怎麼了？」邵凡發現我的視線，停下手邊的動作。

「沒，只是。」我停頓下來，他好奇的等著我的下半句。

「只是，妳不像是會吃披薩的人。」

「這算某種歧視嗎？」我笑。

「妳也是，一點也不像。」

我們是一樣的。內心亂哄哄的。

翌日下午。

正打算利用假日好好打掃一番，才清理半間浴室，澄希就不要命地連按著門鈴。連頭髮都來不及仔細整理，換掉居家服後，就和澄希追著公車，坐車到了市區看電影。等著澄希去買餐，我眼尖地從迎面的人群裡找到兩個熟悉的人影，前一天才在學校碰面，才隔一天又見面了。

現在的大學生都那麼閒嗎？

「你們也來看電影？」

我接過澄希遞來裝著飲料的紙袋，頭上冷氣送風著，冷冽的冰塊透過紙杯和紙袋，抱在胸前彷若一團冷氣。

「對啊！」邵凡爽快地點頭。

背後，小江代他去買了票。

猶豫著副餐要爆米花還是吉拿棒，澄希已經乾脆的幫我選了熱狗，因為不是預定選項，接過紙包的熱狗，我再度遲疑了。

有時候，也會出現，不是事先預料好的事，那時plan A和plan B只能華麗地被甩開，不是不採用，只是還沒決定好，就被plan C取代。

但是，plan C總有辦法給人驚喜，然後無法拒絕。

小江纖細的身形出現在我們的視野範圍，他左右開弓，兩手各懷抱著兩個牛皮紙袋。

「我幫你點了爆米花和可樂。」

邵凡笑笑地接過紙袋，爆米花盛裝太滿，不小心灑落一些。

「妳們看哪部片？」

「最近上映的鬼片。」我出示電影票。

「哪部？」小江困惑。

「網路上有網友說，有人看到一半尖叫著衝出戲院，驚悚度被評為今年以來最恐怖的一部鬼片。」

邵凡瞄了眼片名。

我知道。而且其實，我們都是很擔小的人。

「票是別人送的。」澄希坦承。

所以沒有選擇的餘地。

「你們呢？」我聳肩。

「是媒體課指定片，大部說要請客，就一起來看了。」

小江騰出一隻手，展示手上的電影票。我一看是評價不錯的一部文藝片。但他們不像是會受文藝氣息吸引的人。

「不怕嗎？」邵凡問道。

「嗯。」這不是廢話。

澄希把吸管插進檸檬紅茶裡，杯沿淌著滑動的水珠，她用袖口擦了一下，捏著吸管繼續攪動著冰塊。我也學她的動作，但現在最不需要就是咖啡因和更多的冰鎮提神。

「那就不要看。」他回答得很乾脆。

小江也在旁邊點頭。

「這樣太可惜了。」我逞強。

說實話在我看完預告片以後，我就有打退堂鼓的念頭。

「看太多鬼片會精神衰弱喔！」

「這沒有根據吧？」

「反正就是不要看會比較好。」

「要是妳們兩個都尖叫衝出來怎麼辦？」小江加入遊說。

「兩個人一起跑出來的話應該比較勇敢。」

要是一個人的話，可能會因為太害怕，連穿過暗暗的走道離開的勇氣都沒有。

「要是尖叫太大聲會嚇到旁邊的人。」

「放心不會的，因為大家都會一起尖叫。」我篤定。

任何藉口都只是為了讓自己假裝不害怕。所以再怎麼荒誕不經的理由，可否信服他人都無所謂。畢竟在多數的情況下，說服別人還是比讓自己相信的重要低了一點。

「我還是覺得不妥。」

在看到邵凡皺眉的瞬間我忽然也猶豫。

在下決定的時候之所以還會多加思考，是因為顧慮著是不是機會只有一次，以後就沒有了。

「也許看鬼片可以趁機練膽量。」

再說，除了看以外的選擇只剩不看。但是今天我是抱著要來看電影的心情出門，要是取消了，實在也說不過去。

「等我一下。」

背著光看不清楚表情，邵凡在小江耳邊細語了一會後，隻身走到櫃檯。

「怎麼了？」我好奇一問。

「大邵有其他的想法。」

「什麼想法？」

「沒什麼。」邵凡的聲音。

我和澄希雙雙回頭，邵凡神秘地揚揚手上的票根。他很高，我必須要墊起腳尖才能看到他手上的票券。

「啊！」我驚訝。

然而，重複出現太多的plan C並不會讓人更加適應，只會是一次又一次不同的驚訝。

他嘴角微微上揚。

「四個人一起看應該比較不怕了吧？」

邵凡真的很高，所以就算仰頭，也無法看清楚他的笑容。我只知道，燈光太暈眩，冷氣調得冷洌，眼前世界，反白一片。

遲鈍的人，就算一顆蘋果砸到他的頭，他不會驚訝，因為他需要比平常人多一倍的時間，才能明白滾動在眼前的是貨真價實的蘋果而不是塑膠紅球。

隔了幾天，我留在學校整理報告，最後上傳檔案，處理差不多，準備離開圖書館時，已經將近八點半。

夜晚的校園，有別於白日的校區，添了不少靜謐，學校的路燈是橙色的，一整排從圖書館一直排列到後門，深藍色的天空下，橙黃色的光暈看起來格外溫馨。

想不到白天走在校園總會因課業、人際等問題壓著，所以待在學校時常想著趕快離開有多好。到了晚上，竟會因為夜景和四周的氛圍，反而讓人駐足不捨得離開。

出了校園。惦記著還沒吃晚餐，我看見在門口的攤販還在營業，便走了過去。

「妹妹，這裡是最後一批。」賣麥芽糖的老婦人很親切的招呼著。

掃視架上，只剩三支糖。

「怎麼賣？」我掏出錢包。

「一支十五，這是最後了，三支算妳四十。」沒等我回應，婦人很俐落地包起糖。

「可是三支這、太多了啊！」

我可能就是她今天最後一位客人，可是一次吃三支，這也太多！雖然我還沒吃晚餐，可是這熱量也不容小覷啊！

「不多不多。不然妳買一支，我剩下的請妳。」

「咦？」

原來她也知道這糖放久了不好吃，要趁新鮮吃。

正愁著怎麼阻止婦人打包。

身邊突然出現了一個聲音，「那就買三支吧！我和這位小姐一起。」

是邵凡的聲音。

沒等我反應過來，他已經付完錢接過糖後就拉著我走。

夜色下，邵凡的臉看起來竟然比平日看來更好看。我愣愣地盯著他，感覺到我的視線他好奇地低頭回望著我。

臉頰一熱，我趕緊撇開視線。

「謝謝你，剛才的幫忙。」我咬著糖，吶吶的開口。

他搖搖頭，「不會。」

他沒有吃糖，端詳手上的糖一陣後收進口袋。

「我以前有一個妹妹，她很喜歡吃這種麥芽糖，每回一看到攤販的車子出現在巷口，就拉著我要去買糖。」

回憶起往事，邵凡露出苦笑，帶著一分惆悵。

「原來是這樣。我也很喜歡吃麥芽糖，我知道幾家古早味賣得糖特別好吃，下次去買來給你吃。」

「好呀。」

「不過這麼晚了。學長你怎麼會在學校？」我抬頭。

剛好綠燈亮，他邊走邊回答，「系上有些事要處理。妳呢？這麼晚家人不會擔心嗎？」

「我家沒有人。」我聳肩。

小木阿姨又出差不在家。我最近嚴重懷疑她把我們家當成旅館了。

過了馬路，對面是一間我很喜歡的鍋燒專賣店。

「我還沒吃晚餐，我去買個麵帶回去吃，你要不要先回家？」

站在光亮的招牌大燈下，邵凡的臉一下被照得慘白。他不發一語，沒有立刻回話，其實表情有點嚇人。

我逕自走進去要拿菜單，「你要不要也買一份回去當消夜？」

才一開口，邵凡忽然拉住我的手，踱著我往反方向離開。

「我還沒點餐耶！」我一手還拿著人家的菜單，感覺四周的視線都停在我們身上。

我尷尬的開口，「不合你的胃口？」

走了一段距離後，邵凡才放手，他垂下眼看著我，「不是還沒吃晚餐？」

「對啊？」我怔著。

安靜下來環顧四周，我們站在附近的機車停車場。

「我本來想送妳到公車站牌。」他停頓一下，手一伸把一頂安全帽扣在我頭上，「現在我改變注意了，回我租屋，我做飯妳吃。」

「這樣太麻煩學長。」

下一秒，他忽然傾身，逼近我面前。

「不是已經認證過了？」

「什麼認證？」向後退一步。

「朋友認證啊！我們不期而遇已經超過三次，難道我們還是陌生人關係？」

「這樣啊。」

這樣真的是對的嗎？

這一刻，我突然慶幸停車場的昏暗。胸口不規律的跳動，我的臉想必也是紅了。

□

「有人在嗎？」

澄希張開手在我眼前揮動。

「妳剛說了什麼嗎？」

「最近妳特別常發呆。」

「可能是剛好在想的事特別需要動腦。」

「這樣腦細胞會死得特別快喔！」她戳我的額頭。

「不會，可以防止老年癡呆。」

「妳還很年輕。」。

「算了，妳剛問我什麼？」

「那天看完電影，妳就直接回家了嗎？」

「怎麼了嗎？」

「我後來打電話給妳，可是轉語音。」

「沒電了。」

「未雨！」她挑眉。

「我後來陪學長去買運動鞋。」我坦白。

「不過手機真的沒電了。」

最後我借邵凡的手機打了電話回去和阿姨報備，等買完鞋子準備要回去時，已經是九點多的事了。

「妳家人沒說什麼嗎？」澄希又不死心地追問。

「沒有，只是叫我趕快去睡覺。」

那天邵凡和我剛好搭同一班公車，晚上搭車的人不多，但我還是直接坐在他旁邊的空位。他倒也不介意，也隨我把背包放在他腳邊。

在下公車後，他堅持要陪我走過路燈壞掉的路回去後才離開。小木阿姨大概認為這個年紀和男孩子一起回家沒什麼問題，看到陪我走回公寓的邵凡，還熱絡的招呼起來，倒是我被嚇一跳。

「那天之後，你們還有聯絡嗎？」

本能的我想到邵凡，我心不在焉地說：「當天各自回去後有用訊息聊了一下。」

「不是學長，我是問梨樂。」

「喔，抱歉！我以為妳是問學長。」

「沒關係。不過很少看到妳會提起除了小江或是梨樂以外的男孩子耶！」澄希一本正經的看著我。

「有嗎？」我敷衍的回應。

「你們之間該不會有什麼不單純吧！」

「這幾天沒怎麼聯絡。」我笑。

「那代表你們之前都有定期聯絡嘍！該不會私下還有約吧？」

「沒有這回事。而且，我上次在體育館看到他和其他學姊互動滿親密的。」我閃躲。

愛情一直不是我們之間可以放心談論的話題，我們之間只存在著足夠存著剛好可以前進的空間。

「觀察那麼仔細，代表一定有甚麼隱情。」

「不，只是他們就剛好出現在我的視線範圍內，不看到也很難。」

澄希露出心機的笑容。「給妳兩個選擇。」

但是什麼時候邵凡這兩個字已經可以明目張膽地入侵了我們的對話，等到我真的發現的時候，他早已踏入我的生活圈內，只是我並未發現。

「我今天下午要和梨樂去買樂樂的生日禮物，買完一起吃飯，妳要來嗎？」

我不想太冒險提起其他可能會繞著我為焦點的對話。不屬於螢光燈下的人，就算強迫的打上燈，最後也只會淪為背景。

「我可以一起去嗎？」

「可以。」反正，事前也沒有和梨樂說好是兩個人的飯局。

「那我可以先回去換衣服嗎？」

「沒有問題。」

我應該為成功引開她的注意力感到開心，但同時想到梨樂，一顆心卻開始不安。

放學後，澄希以最快的速度換上我曾稱讚過的一件碎花洋裝和涼鞋，然後和我在公車站會合。

「妳不換衣服？」

「嗯。」太麻煩了。

「梨樂呢？」

我們都很有默契的謹慎發言，不讓兩人的對話太過踰矩。

「他等會就過來。」

「了解。」

「未雨的初戀是誰？」

不知道為什麼腦海浮現梨樂的臉。

「沒有那種東西。」我毫不猶豫地回應。

「該不會是家長有下什麼禁愛令吧？」

偏著頭，我想了一下阿姨和我之間的約法三章，「沒有。」小木阿姨還滿開放的。

「莫非是單戀？」

我搖頭，把問題丟回去，「妳呢？」

「是國中的一個學長。」澄希對著手機反光整理頭髮。

「妳有去告白嗎？」

「沒有，他好像有女朋友。」

「真可惜。」

「後來我就和隔壁班的班長在一起，不過畢業的時候就分了。」

澄希收起手機，忽然一臉正經地看著我，「未雨。」

「怎麼了？」

「嗯，不覺得邵凡學長是不錯的人選嗎？」

結果最後話題還是回到原點，我哭笑不得，「怎麼說？」

「如果說梨樂可以形容成貴族，那學長是王子。」

可是這不是童話，而且擺在一旁的也不會是我，「那妳怎麼不追學長。」

澄希絲毫不猶豫就回答，「因為我有梨樂了。」

看到澄希露出自信的笑，我都不知道該是替她感到不值還是高興。

「等很久了嗎？」

一轉頭，梨樂已經在眼前。

「還好。」

澄希又臉紅。她的皮膚白皙，臉頰兩抹紅暈，淡淡的玫瑰色，很好看。

梨樂也換上了便服，白色T-shirt和黑色牛仔褲，黑色的細直短髮今天並沒有刻意抹髮膠做造型，看起來格外清爽。

「我們搭下一班公車，先去買禮物再去吃飯。」他說。

我打開手機查看即時公車表。

「下一班要等半小時。」

「嗯。」

馬路的對面一輛流動攤販正巧停下準備開始營業，店員從前面的車廂走出來拉開後車廂，同時著手掛上招牌。

「妳想吃冰嗎？」梨樂轉頭對我發問。

「我想。」澄希率先回應。

「嗯。」我跟著點頭。

「好，我要香草口味的，妳們呢？」

「都薄荷巧克力的吧！」出於習慣，澄希直接幫我做出決定。

我點頭給出肯定的意思。

「既然還要再等三十分鐘，我們一起去買吧！」

「好。」澄希又笑。

我盯著號誌燈，小綠人還有十四秒，我們走過去，綽綽有餘。

調整書包背帶，我往前走出一步，腳邊突然一絆，我撲向眼前的變電箱，然後跌落地面，書包的書全灑了出來。

「小心。」梨樂伸出手來想要扶我一把。

我一把推開他，搖搖晃晃地站起來，「為什麼要這樣？」

梨樂已經幫我把書撿起來堆成一疊抱在胸前。

抬頭望向對面，澄希已經到了攤子前面，面露擔心的看向這裡。

「我不懂妳在說什麼。」

「你不要跟我說我跌倒，是因為踩到自己的鞋帶。」我今天穿的是皮鞋，沒有鞋帶！

「也只有這樣，妳才能單獨和我說會兒話。」他似笑非笑。

「你想說什麼？」

不帶感情，他單刀直入的發問，「妳為什麼要帶她來？」

「她是我朋友。」

「我知道妳在想什麼，我也知道妳的朋友喜歡我。」他輕聲，「這樣配對，我們兩個，都只會受傷。」

一個是不愛，一個是太愛。我只是大膽假設兩個不相似的人放在一起是否能感化彼此，然後長長久久。

梨樂的眼底深邃得看不出情緒，但肯定不好受。

「小樂。」欲言又止。

「拜託，不要這樣叫我，這樣我會心軟。」語氣到最後漸減弱，但他依舊皺眉。

「就這麼一次。」我垂下眼，「澄希她很期待。」

「如果我不想呢？」

下一秒，梨樂抓住我的右臂，向前一擒，把我攬入懷裡，他的情感一片炙熱，幾乎要灼燒我，但擁抱卻是極致冰冷。他的擁抱彷若窮盡全力，我無法掙脫。

他頭靠在我的耳畔，呼吸是冷靜的令人深刻。

「我知道妳不喜歡我，所以我什麼也不求，只要能一直陪在妳身邊就夠了。」

「我沒有要趕走你。」無法呼吸。

梨樂應該要生氣的，可是他沒有，他沒有笑，但是卻如同往常的溫柔。

「我自己的感情自己處理。」他放開我。

「梨樂。」

他頷首，「記住，不管我為妳做了任何事，妳都不需要感到負擔，都是我自願的。」

太卑鄙了！明知道我會內疚，他卻還是這麼說。

說完，他拉著我的手一起走過馬路。

甩開他的手，可是我沒辦法生氣或是不滿，因為他沒有錯，他就只是喜歡我而已。抬起頭，澄希一臉蒼白。

我伸出手想拍拍得她的肩，但我猶豫了。

抬起眼睛，她的眼眶有點紅紅的，「我沒事。」她說。

她也是，只是剛好也喜歡梨樂而已。

Chapter 3

睡豌豆

有些事發生的當下，好像稍縱即逝，若是不把握便是千古之恨；可是退一步來，又好像沒有行動的必要。

即便機會只有一次，但是往後人生，少了那次也不會有什麼差別。

但是當下又怎麼會明白？

自古便是當局者迷，而我面對梨樂。還是一籌莫展。

我偶爾會想。如果當初我沒有發生過那件事，一切如初，又或者我從未遇上梨樂，那麼我現在是不是會比較好？我也不用帶著那麼沉重的內疚活著。

只可惜，時光再怎麼不如如意，還是不復當初。

很久沒下雨了，所以當雨毫無預警的落下時，我毫無防備的被淋一身濕。

離開書店才兩分鐘前的事情，但是還必須要花費兩分鐘走回書店，到時候我也濕得差不多了，保持著這種想法我又往前移動了兩分鐘的距離。

身旁不時匆匆走過同樣濕透的行人，偶爾興起「學著他們把包包當遮蔽」這樣的念頭，要是這麼做多少也能擋下一些雨水，但是我只有單薄的麻布袋，就算舉來也只能當做安慰，所以又維持現狀的往前移動。

煙雨繚繞的視線裡，一個模糊不清的人影忽然出現在我面前，像是帶著某種意圖往我持續靠近，但卻未散發任何敵意。

然後人影輪廓漸漸清晰。

「學長。」

邵凡撐著一把傘站在我身邊。

他走了過來提起我已經濕透的提袋，才剛在書店買的新書雖然包著塑膠膜沒有濕掉，但手機和零錢包都已經濕得一塌糊塗。

他怎麼會在這裡，但是在我能開口發問之前，他就先開口。

「我在對面的商店買東西，結帳的時候透過玻璃窗看到妳。」

「原來。」

「妳看，我連點數都忘記拿了。」他舉起超商的塑膠袋。

「那就回去拿啊！」

「還是算了。」

我們之間的距離拉近，幾乎貼近彼此的手臂，他很溫暖，單是逼近就給我一絲熱度可以抵禦寒氣。

他不介意，我就大膽的往他更加靠近，雨勢之大，看來一時半會還不會停。

「怎麼不進去商店躲雨？」

「因為已經淋濕。」

這場雨來得剛好，我想趁著雨，看可不可以讓自己清醒一點。我和黎樂的關係已經到達了冰點，稍加施力就會四分五裂，而我和澄希，已經將近兩個禮拜沒說話了。

所以，「淋雨沒關係。」沒有人在乎。

因為雨的緣故，街道特別冷清，他走得緩慢，我也不急著要回去，反正現在家裡半個人也沒有。

「以後可以打電話給我，不要自己淋雨。」

「嗯。」

他盯著我想說上幾句，但最後以嘆息聲代替。

「妳的男朋友呢？」半晌後，他瞇著眼睛發問。

拖著不快不慢的步伐移動，所以當邵凡持續往前，而我停下腳步時，只差一個指尖的距離我就要脫離傘的陰影。他發現了，在我即將脫離遮蔽時，踩下煞車，伸出手將我拉回傘下，他的身邊。

我咬著嘴唇，緩緩道，「他不是我的男朋友。」

「嗯。」邵凡回望著我，輕輕點頭。

「我不愛他。」

邵凡等著我再度踏出步伐後，才開口：「那妳、」

「我沒有男朋友。」急於打斷，我被我的急躁嚇了一跳。

轉頭靜靜地注視著我，紹凡才慢慢地接話：「我會記住這句話。」

不是否定句不是疑問句，只是單純的陳述句，卻牽引起我紊亂的心跳。

他的表現太過認真，太過沉著，讓我幾乎相信，我伸出手只花不到一秒的時間就碰觸到他的臉頰。

因此這不是夢境。

但是我不需要被任何人記住，任何的停留記憶都是枉然的，到了最後，所有的人還是會一個一個離我而去。

就和現在一樣。

□

早上起來的時候，頭有點暈。勉強睜開眼後，我搖搖晃晃地舉起了鬧鐘一看。

七點二十分。

大概是太過暈眩，花了一段時間，我才意識到再過十分鐘就遲到了，但是要從住家走到學校需要十三分鐘。

偶爾遲到應該沒關係。

打開手機，冒出的第一個想法是打給梨樂，但是突然起身造成的貧血，手滑按下了最後聯絡人，邵凡。

……！

瞬間清醒，想按下通話結束的剎那，電話那頭傳來男聲，低沉然後冷靜，熟悉的音調否決了我可能一時眼花的自我安慰。

「喂？」對方的聲音和我相對起來沉穩太多，但充滿困惑。

「學長，是我。」

「我知道是妳，怎麼了？難得妳會主動打給我。」

真是無心的手滑不要緊，但學長的手滑會要命啊！

比起尷尬，現在更重要的還是學校重要，我深吸口氣。

「我快遲到了，可以麻煩你來載我嗎？」

電話那頭沒有遲疑或更多的疑問，「等我。」

沒有說再見，電話就直接切斷。

抓起背包，我飛快的換上制服，往門口走去，但是才剛走出房門，卻忽然使不上力。撐著牆我慢慢前進，原先只是天旋地轉的頭暈突然變成了劇烈頭痛，靠著大門，只來得及打開門鎖，第一次後悔沒聽小木阿姨的建議在玄關門口放上鞋櫃。

「學妹。」

聽見兩個字，熟悉的聲音但陌生的稱呼，我已經向下墜落，跌入學長的懷裡。

「真是好險。」

一抬頭，映入眼簾的是學長那張精緻的臉蛋，平滑的額頭上此時擠出了兩條細紋。

「還可以站起來嗎？」

「可以。」

「我載妳去看醫生。」嘗試幾次後，又跌回原處，他索性直接抓住我的手臂，半拖行的把我扶到最近的椅子上。

「不要看醫生，上學要遲到。」

「妳在說什麼？」學長還戴著安全帽，他蹲在我前面，視線齊平我的雙眼，「我們才分開四個小時，妳就變成這樣。」

「要是每天早上起來，看到的是你也不錯。」我拉著他的手，阻止他想轉身的動作。

「妳發燒了。」他放開我的手，「妳的健保卡放在哪裡，我帶妳去看醫生。」

在他抽身的瞬間，我拉住他的外套袖口，指尖只勾住脫落的棉線，只要一用力就能掙脫。

「你也要離開我了嗎？」

他重新蹲回我面前，「妳的家人呢？」

「我沒有家人了。」

他用力的嘆口氣，「上次陪妳回家的時候，有看到妳家裡有其他人，我聯絡一下。電話幾號？」

「阿姨現在不在國內，她去國外出差，要月底才會回來。」

「那妳其他家人的聯絡方式呢？」

我搖頭。

比照以往，在我生病時，求助的對象一向是梁家一家人，梁媽的娘家是醫生世家，簡單來說，就是就醫方便，我自小身體就不太好，三天兩頭就往梨樂家跑，到後來梨樂家的親戚都認識我。

「我想睡覺。」搖搖晃晃地站起身，整個家都晃動。

眼前的邵凡身影太近又太遠，太近的是他就站在我面前，太遠的是，我的身邊從來就容納不了一個人的空間。

起身的瞬間，被懷抱在陌生的胸膛裡，相見是有過幾次，但是這麼貼近兩人的溫度還是頭一次。太靠近會被灼傷的。

也許飛蛾撲向自以為的光亮，在毀滅之前也曾幸福過。

他小心翼翼扶我躺回床上。

而我不斷重複道，「我不要看醫生。」

「好。」像哄小孩的語氣，邵凡趴在床沿盯著我喝下溫水。

「留下來陪我。」還不想睡，但眼皮很沉重，我霸道地濫用生病的權利恣意開口。

「睡吧！」

「大家都離開我了，你也要離開我嗎？」

我還沒等到回答，就墜入黑暗。

總是一個人。

載浮載陳在太深沉的寂靜裡，最先放開我的手的是爸爸，然後是媽媽，還有一個模糊不清的背影。

「晚上爸爸回來我們一起去慶祝哥哥考第一名好不好？」

「好！」我舉高雙手，開心的做出萬歲的動作，「哥哥最棒了！」

可是我沒有等到爸爸回來。

最後，媽媽和哥哥出門之後，再也沒有回來。

但是這不是夢境，很像夢境，但這是回憶，這十年來不斷地重現在夢裡。

所有愛我的人，都一個一個從我的生命裡出走。

一貫的場景。

這一回卻出現了變化。

「我回來了。」

夢裡最後一幕，我看見年幼地我聽聞熟悉的聲音猛地回身，首度出現在門口的模糊人影，伴隨著強烈白光朝屋內走近。

是誰？

下一秒，客廳裡湧進大批蝴蝶。

猛然睜開眼。

好可惜，差一點就快要看到聲音的主人。

我摸摸後腦，十年來一直都一樣的夢境竟然也會有變化的一天。

最後夢境裡我看見蝴蝶，這和哥哥有關連嗎？但夢境變化讓我感到不安。

拉開著被單，我茫然的發現自己穿著制服而不是睡衣。就像揭開鍋蓋以後，發現電鍋裡只有水不是白米飯，回頭看了旁邊的櫃子才發現，米袋是空的。

思緒只要過了一夜就容易慢拍板。

我好像忘記什麼重要的事。

推開房門之後，空氣裡並沒有任何人停留的痕跡，我差點就要確認昨夜的事是事實而不是我精神錯亂，要不是因為擺在杯架的馬克杯少了一個，還有放在客廳桌上醒目的安全帽。

安全帽？

「早安。」

我順著聲音轉過身，映入眼簾的是穿著單薄內衣的邵凡。

「我借了一下妳家浴室。」。

心一顫，連連往後退，「你怎麼還會這裡？」

捏捏自己的手臂，真真實實的疼。

還會痛，所以這不是夢、不是夢！那他怎麼會在這裡！

「不是妳昨天不讓我離開。」他勾起笑朝我傾身。

他的頭髮微濕，瀏海貼在額頭上，髮尾還掛著水珠。

「妳昨天燒了一整夜，今天就請假休息，不要去上課了。」彼此距離拉近，他散發的熱氣迎面而來。

「等等、」這是什麼情況。

「我用了冰箱的食材做了早餐，趁熱來吃。」

到底是為什麼他能夠這樣從容不迫？直覺的往後跨一步，但他絲毫沒有停下腳步的意思。

「對了，貼身衣物不要直接掛在浴室喔！」

好不容易累積的感動一下就被戳破，原來他不是王子，只是長相比較好看而已。

「生氣了？」

盤子裡的荷包蛋被戳得破碎看不出原先的蛋形，好歹我在一開始在上面用番茄醬畫了笑臉，現在連哭臉都不是，我大力插起右眼。

「這裡是我家。」

「敞開大門的人讓我進來的是妳。」

邵凡夾起煎的恰到好處的章魚腳香腸放在我的盤子裡。

「那他呢？」我舉起叉子指向他身邊。

小江正好泡了一壺咖啡走到我旁邊。

「要咖啡嗎？」他問。

「好，要加牛奶。」

不對，是這不是重點！

早上起來後從浴室裡走出了只穿內衣的男人，然後從廚房走出來的是認識的學長兼好友，最重要的是這裡是我家。然而這不是電影情節。

「小江幫我帶來換洗衣物。」一點也不覺得有異，邵凡接著回應。

眼前的人反應太自然，太張狂，和我印象中的邵凡有些出入，概念大概和世上那些云云美女卸妝之後盼若兩人。

「我還帶了妳喜歡吃的紅豆餅。」小江溫和的微笑。

「我、」

聽到吃時差點被引去注意力。

盯著眼前的邵凡和小江，現實太猖狂，閉上睜開後，還是原樣。

「我累了，要再回去睡一下。」那麼再睡了一覺，是否又會恢復原狀。

我放下早餐，慎重地看著面前兩人說：「回去吧！」

我想我是那種習慣自我欺騙的人，當太過肯定的期許實現了以後，我還是懷疑是不是只是誤會一場。

明明聽到衣服摩擦和門關上的聲音，但回過身確認的時候，邵凡還在那邊。

「我留下來陪妳。」

「為什麼要對我好？」

「因為你看起來很需要人。」

「我會好好的。」

「妳知道嗎？」他忽然很認真地看著我。

「什麼？」

「這世界上最殘忍的如果就是『如果我沒遇見妳』，我不願意成就那個殘忍，因此，我遇見了妳。」

「所以呢？」

「妳讓我遇見妳以後，我怎麼忍心留下妳一個人。」

「……」

他究竟是怎麼辦到，能夠臉不紅，毫無障礙的說出這些話！

□

隔天一早，學長準時七點出現在我家門口，在他的監視下，我乖乖的把藥吃完。

「給妳。」他丟給我一個塑膠包裝。

「有小黃瓜耶！」我嘟起嘴。

「那是限量三明治耶！我排了很久，不然妳把小黃瓜挑掉。」

「你自己吃。」我露出可憐兮兮的表情。我不吃小黃瓜啊。

「聽話。」

「生病吃這個會營養不良。」

在和他討價還價的時候，我忽略掉一個更嚴重的問題，我忘了比起早餐，請假卻沒有被告知的梨樂更麻煩。

回過神，我和學長雙雙被擋在路口，攔下我們的是梨樂。

「簡未雨，妳看起來挺好。」

我僵硬地開口，試圖要讓氣氛愉快些，「休息一天，好多了。」

「為什麼生病的事沒告訴我？」

「因為我昨天發燒睡了一整天，學長幫我請假的。」

梨樂走向前抓住我的手，「我帶妳去看醫生。」

「我去過了。」搖頭。

他抓得很緊，指節都泛白。即使聽見我的話，依舊不肯放手，我已經接過學長遞給我的安全帽，三個人堅持在巷口，和一台已經發動的機車。

我不想有人吵架，試著緩和氣氛，「我要上學。」

「我來帶未雨去學校。」他看著邵凡的眼睛。

我不明白梨樂的意思，不想明白。

「不行。」我聽到邵凡生硬的回答。

我沒有勇氣抬頭看邵凡的反應。也不該有勇氣可抬頭看邵凡的反應、更不知道為什麼我對他的回答竟有一絲優越的激動。

「這和你沒關係。」梨樂瞪著邵凡。

「我昨天一整天待在她家裡照顧她，當然和我有關係。」

「妳·讓·他·進·去？」他氣炸了。

即使我和梨樂很親近，我也還沒讓他進來我房間過。

我沒有回答他的問題，因為邵凡已經幫我回答。

「她的家人也同意了。」

「你說什麼？」

「這是真的。」我閉上眼，緩慢的開口。

電話還是邵凡親自打的。

邵凡巧妙地切入，「你不需要管那麼多，你不是他的男朋友。」

「你也不是。」

兩個人都逆著光，只是梨樂站的比較近，然後我離邵凡有點遠。但是他們給出的情感已經遠遠超過我們對彼此各自的距離。不成正比。然後，我為了維持比例，努力想縮小自己，想站遠。

「和我在一起妳會很困擾嗎？」邵凡太過冷靜的語調逼我正視他就在我面前的存在。

我看著我的腳，最終還是沒有回答。

然後我抬起頭來，我們都還沒做好決定，也許誰都還沒有下定決心，只好彼此牽制著，看誰先站不穩然後跳出圓圈出局。

我先放開邵凡的手。

最後和我一起上學的是梨樂，走過相同的路太多遍，但是這麼冷漠的重複路徑還是頭一次，會和我走過永遠的不會是梨樂，但也不會是邵凡。

明明我是那麼明確地告訴自己，但是我為什麼還是充滿著不安？

□

一到學校，澄希把我拉到一旁。

「妳還好嗎？」

我左右小心翼翼的確認四周。

「妳在問我嗎？」

「不然呢？」

「妳原諒我了？」

「傻瓜，我怎麼可能不原諒妳，只是有點賭氣而已，結果妳還真的都不敢來找我。」

我仔細盯著眼前那張記憶中依賴熟悉的臉蛋，頭又開始痛起來。

「真的嗎？」

「妳放心，梨樂的事，我在慢慢調適。」

「可是、」

澄希拉著我的手，阻止我繼續說下去「好啦！我沒事，倒是妳昨天請假，聽說發燒一整夜還好嗎？」

「嗯好很多了。」

「那太好了！妳都沒有打電話，我超擔心。」

這樣算是某種因禍得福嗎？

我左看右看，幾乎要把澄希翻過來看了一遍，確認她沒有發燒，精神沒有異常，生病的確實是我，我才安心滿足地放下心中的大石頭。

「怎麼了？妳是很常被背叛嗎？」澄希被我的反應弄得很困惑。

認真地思索了一下腦中記憶，「也沒有。」

「好吧！就當妳是剛生過病，腦袋還沒有恢復。」

但不知道為什麼看到澄希恢復原本好相處的樣子，感到特別愉快。可能我是孤單怕了，總是對於友情這件事抱持著懷疑，說不定有一天澄希也會轉身離去真的丟下我一個人。

放學澄希臨時接到要上班的通知，一放學就匆忙離開學校。我倒也不急，在學校做完作業才收拾書包離開。

才剛離開不到五分鐘正打算進去附近新開的店面坐坐時，我就被叫住。

「妳就是簡未雨？」

聲音從我右邊傳來。眼前不曾謀面的長髮女連名帶姓的叫出我的名字。

我的臉上有寫我的名字嗎？

「我是。」

很想一走了之，但是她直接擋在門口，我不能假裝沒聽到直接走過去。店員是都睡著了嗎？通常這時候，店員會立刻丟下手邊的工作衝過來，然後很客氣小聲地說：「不好意思！這位客人，我們還要做生意。」諸如此類的，這樣不是正常情況嗎？

「我在趕時間，我長話短說。」明明是陰天，她卻戴著太陽眼鏡。她撥了一下瀏海，雖然隔著眼鏡，但我知道她在看我。

「我知道妳和梁梨樂不是男女朋友關係。所以請妳不要再纏著他了。」

蛤？我一定誤會了什麼。

「我並沒有纏著他，是相反才對。」真令人鬱悶。

「總之，妳們一點關係也沒有，妳不要一直跟在他旁邊。」

我不悅，「我要不要和他走在一起。和妳一點關係也沒有。」

「妳不要太過分！」她疾聲。

但是看著她我怎麼一點也生氣不起來，也無力反駁。

「妳愛他？」

聽見我的問題，她愣了幾秒。

「可以的話，不要愛上他。」

也許這句話我並沒有資格說，然而我是真心不希望她愛上梨樂，不是我放不下他，只是他不會在乎的。

他的世界現在並沒有任何空位釋出，「梁梨樂是單身」這是事實，但是，他的世界現在不存在著愛情。

結果我好好的下午，就泡在咖啡店陪著這個同樣愛上梁梨樂的女人，她說她是別校的球隊的經理，在和我們學校打友誼賽的時候，被梨樂煞到。

怎麼聽起來像形容梨樂是某種妖孽？

她假日時是業餘模特兒。她打開一本雜誌指著上面有一張和她長得很像的模特兒。還很擅自的點了一桌飲料和點心。

「妳為什麼會喜歡他？」

盤子上的三明治被我抽走中間的叉子，一下子散成一塌糊塗。現在我的情況，即使不把愛情這個元素抽走，也已經是一塌糊塗。

很深地嘆一口氣。

她要我叫她小彌，貌似是某種化名。

「那種外表任誰看到不喜歡都難。」小彌很肯定的回答，明明和我同齡，她的話語間卻透出一股成熟。不知道為什麼，我一點也沒有討厭，和她在一起反而像是理所當然。

「是嗎？」我晃了晃手上的馬克杯，讓沉澱均勻。

但我怎麼就不會喜歡他？

頭痛。眼前的景物隨著移動模糊又清晰。

又在店裡待了半個鐘頭，我終於找到藉口離開。從店裡走出來，對面一台白色汽車對著我按起幾聲喇叭，四下無人，我忽然感覺到可怕，正想加快腳步。白色車子的車窗搖下，露出坐在前座的人。

我一看，挺面熟的。

還沒出聲，車裡的人率先說話：「這麼晚了怎麼還不回家？」

我忽然想起初次遇見小江的狀況。

和現在一樣，小江是單眼皮，側著一張臉，他的眼角細長，笑起來有股說不出來的邪氣，但很好看。

「你怎麼會在這裡？」我反問。

起風了，風起掃亂我的瀏海，吹散一間亂髮遮住我的視線。我撥開亂髮。

他只是笑，淡淡的，然後他拍拍旁邊的座位，「上車吧！我送妳回家。」

□

我從來沒有想過，小彌會很自然地進入我們的交際圈。我想主要是因為澄希和小彌意外的契合。剛好兩人都是同樣隱藏著傷痕的女人，彼此舔舐著自己的傷口，正因為都是被同一人所傷，反而覺得不那麼痛苦，原來不是我一個人陷入泥沼，還有和我一樣的人，因此不是只有我的問題。很自然地依靠上對方，兩人情傷，總比一個人可悲還不那麼悽慘。

明明兩人曾經還是彼此的情敵。

「喜歡一個人是什麼感覺？」

小彌是某外商公司的獨女，家境十分優渥，和我們打成一片以後，三不五時就邀我們去她的租屋處玩。

「妳也喜歡上小樂了嗎？」澄希正在轉電視，頭也不抬地直接開口，什麼小樂，原來不是只有我喜歡用這種像在叫狗的稱呼。

「沒有。」

「好吧！」澄希和小彌同時露出可惜的表情、發出很難聽的哀怨聲。莫名其妙。

現在是什麼狀況？

我盯著眼前的兩人，什麼時候從情敵晉升為媒人了！

「妳們什麼時候希望我和他在一起了？」

「小樂追妳追了那麼久，妳也該動心了吧。」

澄希在我面前扳手指，她聽我和梨樂的故事不知道幾百回了，自然是知道我們是青梅竹馬的關係。

「可是，我以為妳們！」

「以為我們還喜歡梨樂嗎？」澄希一臉淡然。

我點頭，「大概是那個意思。」

「那倒也並非不正確，可是愛情沒那麼偉大，能夠支撐一個人在已經破碎的可能裡，假裝待久一點一切就能沒事。」

但愛情也從來都不是說放就能放的。

「但是，失戀也不是什麼大不了的事。妳啊一定是連續劇看太多，覺得被拒絕了，一定得發生什麼哭天嗆地的事。」

小彌端著檸檬紅茶從廚房走出來。

「傷心是難免的，但是畢竟現實不是偶像劇更不是童話，擦乾眼淚，日子照樣過。」

小彌的家人都在外地工作，偌大的透天別墅就只有她一個人在住。她是孤單怕了，看到誰對她溫柔，便依靠上去，甚至連對方底細也不在意，面對愛情，她是比我還要樂觀，可是也可悲。

但我不討厭小彌。

「再說，其實我曾經也很氣。」澄希突如其然地插了一句。

小彌坐到我旁邊的單人沙發，也若有所思地跟著點頭。

「但是看到梨樂是真的那麼愛妳，我就沒辦法對妳生氣。只是在我情傷很重的時候，妳卻不在我身邊。」澄希捏了一下我的手臂，「妳這個傻孩子，擅自以為我不要妳了妳就真的沒來找我？」

我回捏她一下，「誰叫妳那陣子看起來那麼恐怖，都板著一張臉，姿怡還以為妳發生什麼事天天密我，巴著我問妳的消息！」

澄希看著我，噗哧的笑出，「妳啊，真不知道該拿妳怎麼辦？」

小彌拖著下巴，看著我們，「那現在既然不是梨樂，我們小雨到底是被誰電到？」

結果話題又回到原點。

澄希啊的一聲，拍了一下額頭，「那該不會是學長吧？」

「什麼學長？」

小彌和我們相處時間不長，對邵凡的事自然是不了解，澄希把她抓到旁邊，大致解釋了一下故事大意。講完後，兩人神神秘秘地回到我面前，一邊露出詭異微笑。

「這麼一說，我也想見見這位才見面不到幾個月居然比小樂還早讓妳動心的學長。」

「我又沒說我動心。」

澄希夾了冰塊丟進玻璃杯中，冰塊在杯中載浮載沉。

「妳沒提起我差點忘了，學長條件這麼好怎麼能放棄！」

「青春只有一次，談戀愛就大膽放手吧！」

眼前兩人已經開始蠢蠢欲動，要規劃我的戀愛行程了，明明自己的愛情都還不完美。

「小雨，我是說真心的，愛情是有機會就要試試看。」小彌喝了一口紅茶，繼續對我老生常談。

「我不知道。」我小聲的說。

畢竟愛情不是遊戲，受傷了還能買藥水恢復生命值。前一段戀情的傷害就算透過新的戀情而得以得到安慰，但是記憶還是帶上傷，等到下次會面回想的時候，眼前背負前任身分的人，貼著「曾經傷害過我」的標籤，再怎麼坦然也沒辦法回到最初啊！

「未雨，閉上眼睛。」

「為什麼？」

「聽話。」

我乖乖地闔上眼。

「想像學長站在妳前面。」

要戴口罩或是安全帽嗎？最後我想了第一次見到邵凡，簡單清爽的打扮，細長的短髮在風中飄動。

「然後，旁邊有一個正妹走了過來。」

「可以用小彌代替嗎？」

「隨便啦！」

長得很像小彌的正妹穿著雪紡洋裝走向我們。

「接著，正妹突然牽起學長的手，很親暱地對學長喊：『我們要去哪裡約會？』。」

小彌略過我的存在直接和學長走掉，而邵凡連看我一眼也沒有。我張開眼，不明白為什麼胸口會感到難受。

不知道學長有沒有女朋友，也許，他已經有女友了。

自從那天之後，彷彿是一種魔咒，我陷入無限催眠似的自問。我不喜歡這樣，可是心卻不受控制。

「明明是妳約我出來的，還這麼心不在焉。」

邵凡彎腰盯著我。

我屈膝坐在公園的長凳上。先前沒有任何想法，被小彌和澄希一鬧以後，許多事開始變得不自在。身邊行人快速流動，四周都好像與我們無關，我們獨立著，自成一片天。邵凡蹲在我面前，他剛好地處在陰影外，與我只差一步之遠，身後陽光普照，大片的金光灑落在半身上，然而，我卻感覺不到陽光的溫暖。

到底是什麼時候，他已經走進我的世界。

在我面前那張太過精緻的臉蛋，因為太過溫柔而顯得不真實，我伸手想碰觸他的臉卻在靠近時縮回。

「妳說沒課有事想問我，於是約我出門，結果我們連第一站都還沒到，妳就開始失神了。」他輕易抓住我收回的手，強迫我正視這是現實不是想像。

下午四點一放學，澄希就拿走我的手機，擅自發了訊息給邵凡。也許是剛好就在手機附近，又或者本來就正在使用手機，簡訊出去不到半分鐘，就收到回覆。

在一旁看好戲的澄希在學長出現在我面前以前，已經帶著「我打工結束後要陪小彌去買衣服」的理由逃離我的視線範圍。

真是好朋友啊？

邵凡鬆開我的手，掌心的熱度停留剛好足夠一句話的空檔。

「還是妳要回去？」

我搖頭，終於開口，「我知道附近有一間不錯的餐廳，要不要去？」

「走吧！」

越是不在意細節，越是容易在不經意處感到意外，正因為對外界不敏感，當事情嚴重到必須正視時，往往已經超乎了原先所能承受的程度。

邵凡打開菜單，輕鬆地笑著。

「我可以把這次會面當成是一種約會嗎？」

只是一句玩笑，我卻覺得呼吸困難。

「如果我說可以呢？」

邵凡翻閱的菜單的手微微一震。

我趕緊改口：「開玩笑的。」

「我不介意。」但是邵凡放下菜單，平靜地望著我。

一時之間，語塞。兩人安靜的只剩均勻的呼吸聲。

「這樣的話，有人要吃醋了喔！」

一開口我就後悔了，我在說什麼啊！

「是上次和妳一起上學的那個男孩子嗎？」

「我只是開玩笑的。」我好想挖個洞鑽進去。

忽然覺得好洩氣，我已經不明白自己到底在做什麼事。

明明連邵凡都還不了解，就因為澄希的一通簡訊，然後衝動地一起出了校門，我大可再傳訊婉拒啊！究竟邵凡是不是有女朋友我也都不清楚，萬一有的話，這樣我不就是小三了嗎？

我撥開邵凡伸手過來的關心。

「為什麼要對我溫柔？」

邵凡睜大眼睛看著我，他的表情還凝結在上一秒的微笑，眼神沒有任何情緒。我伸手請來服務生來點餐，打斷他本來想開口的接話。

我大大喝了一口檸檬水，水中微微苦澀的檸檬味讓我清醒許多。

邵凡在服務生離開後一直沉默地盯著我，出於習慣迴避他，但他不給我有絲毫閃避的餘地。

「邵凡、」欲言又止。

起頭的是我自己，所以我還是必須負責，「剛剛說的話希望你不要太介意，我也不知道我最近怎麼了。」

我乾笑想試著化解尷尬。

邵凡動了一下嘴唇，我在他來得及發聲以前，快速起身，「我去一下洗手間。」

「未雨。」

他叫住我，雖然理智上告訴我不要轉頭，但身體還是乖乖地回頭了。

邵凡扯開一個淡淡的微笑，「妳剛剛叫了我的名字了。」

吞下一口唾液，他的眼神太犯規了。

「快去快回。」他又笑。

餐廳的音樂很柔很輕，為了是要製造若有似無的浪漫。走了幾步，我轉頭，邵凡側著臉專心地看著窗外。

朝著他的方向看去，一對母女很開心地牽著手經過，我看不見他的正面，他很專心的凝望著窗外。直到侍者端著盤子經過他身邊，他驚動似的回過神，然後轉頭，順著和我相同的目光軌跡看著我。

□

現實太過蠻橫不講理，在普通情況下，我們無力反駁。

在多數時候，我們明知無力回天仍會保持著打不死便不要緊的心情，怎麼樣都想試試看。但怎麼樣來說，我們都不是蟑螂。

澄希一打鐘下課就跑到我的座位邊。「和學長的甜蜜約會還好嗎？」

早知道就不要貪留那一分鐘把小說看完，結尾男死女婚與我何干，我應該要答應數學老師去辦公室幫忙！

我好懊惱，「我那天不是就傳訊息說了嗎？」

「妳只說不順利，我哪知道具體是怎麼不順利。」

「就是我說錯話，然後後來吃完飯就各自離開了，學長也沒說什麼。」

「妳是自己搭公車還是學長載妳回去的？」

我在筆記本上畫出一條長線，平滑的紙面刮出黑色不太直的直線。「妳看這是什麼？」

「線。」澄希翻白眼。

「對啊。」我橫舉著原子筆。「很明顯吧？」

「妳到底想說什麼？」

「所以我說，那麼明顯，幹嘛要問？」我放下筆。抬頭看著澄希。

「那天我們吃飯的地方剛好在我阿姨上班的附近，所以我等阿姨下班一起回家。」

我又陪小木阿姨去夜市逛，她吃晚餐，我當宵夜，過幾天去量體重，不知道會不會增加個幾公斤。

「我是原點，而他在遙不可及的那邊。」我感嘆。

無限延伸。

也是可能，我們從來就不是站在同一個原點上，只是剛好交集在某一點上。

「說不定妳是終點，學長的終點。」澄希搶過我的筆，把直線拉長與圓點交錯。

「別說了。」

「小雨，妳喜歡他嗎？」

將手心放在左胸口上，想起邵凡的臉，胸口竟會不規律地加快。不想承認但是我是真的喜歡上邵凡了。

沉重地點頭。

我是不是瘋了。

澄希拉開我摀住臉頰的手。「他知道嗎？」

「我不知道他知不知道。」

而且跟我也沒關係，所有的單戀從一開始都是錯的，愛情裡也流行著自虐，想著我喜歡他，可是他不知道他有沒有把我放在心上。因此每次會面都痛苦不堪。這種不堪其擾本身存在就是一種錯誤。

「小雨，妳總是這樣呢。」

「我怎樣了？」

「上次老師想推派班上一名代表參加數學競賽，妳在前一天以我可能會在考試上睡著的理由拒絕，差點沒把老師氣死。」

「那是我在經過很縝密的考慮後，推斷出我去參加也只是會增加現場工作人員的工作量，所以機會讓給別人不是很好嗎？」

「少一份試卷，可以救一棵樹。」我拍拍澄希的肩膀。

澄希拍掉我的手，好氣又好笑地看著我，「那這次妳又是基於什麼理由要推掉告白這個選項？」

告白？怎麼扯到這上面。

「那從來都沒有出現在我的考量裡。」

澄希盯著我，若有所思地開口：「所以妳是被動主義。」

那倒不是，「只是乾脆原地不動。」古人云：靜觀其變。

我走單戀路線，看梨樂走得滿順利的，我應該也能適應得很好。

「那不然這次，妳來試試看做一個積極的孩子。」

「那不符合我的個性。」

安逸習慣了，改變來得突然只會適應不良。

澄希抽走我的手機，有了上次的經驗，我警惕盯著她，說不準她又要冒名發邀請給邵凡了，但她只是打開我的相簿，裡面有一張之前好奇跟邵凡要來的大學課表。

「真巧，今天學長的課和我們一樣三點就結束了。」澄希對著我猛眨眼，頻頻暗示。

「不好意思了，我很遲鈍，看不懂妳的暗示。」

嘖了一聲，澄希翻白眼，「妳這腦筋，算了。今天三點一下課跟我出去一趟。」

她這麼說一定不是什麼好事。

「妳要幹嘛啦？」

「妳到時候就知道了，要是妳不來我就跟數學老師說妳上次故意假裝忘記和老師的開會喔！」

「好啦。」

澄希看著我的手機忽然誒了一聲。心一驚我趕緊搶過來，「妳該不會又傳了什麼不該傳的訊息了吧？」

她無辜的舉起雙手，「我沒有喔！」

惴惴不安地上完剩下半天課，因為心神不寧，下午的小考頻頻失誤，還被點名要上課專心。

總算捱到下課，然而放學鐘聲一下，原先的勇氣卻已經失了大半。澄希幾番催促，我才不甘願地收拾好書包。

「幹嘛那麼不開心。」澄希撥亂我的瀏海。

「就是覺得怪怪的。」我瞥了她一眼，試圖在她臉上尋找一絲心虛。

可是她絲毫沒有半點異樣，「這次真的不是我喔！是妳那個帥哥學長！」

「就是因為是他傳的才奇怪啊！」

回想我們之間的互動，邵凡一直是處於被動的一方，任何會面或邀約提起的都不是他，就連在榕樹下的數學之約，他也只是湊巧出現在那裡。

但是早上，我卻收到他傳來要放學時見面的訊息。

「要我陪妳去嗎？」

「不用。」畢竟保持著半信半疑的心態。再說訊息上是指名我一個人。

「那好吧！今天店休，我去小彌家玩。妳結束後來一起吃飯。」

「好啦。」

「對了，小雨。」

「嗯？」

「如果學長欺負了妳，跟我說我幫妳出氣。」

學校校區不小，偶爾澄希會抱怨一棟大樓和另一棟大樓的距離太遠。今天怎麼了，我看了一眼時間，我只花不到五分鐘就到了與教室相差三棟大樓遠的理科學院。

邵凡並非是醒目的那種人，但是一大票學生湧出時，我還是從中一眼便認出他。迎面走來，他纖細的身材在人群中更顯得瘦小。然後，他看見我。

「妳怎麼來了。」他走面露詫異。

怎麼他好像比我還驚訝？

呼吸好像在瞬間被奪走，我不可置信望著他，「我？不是你傳簡訊的嗎？」

邵凡若有所思了沉默一會兒後，轉向身旁的女學生。

「米米是妳偷拿我的手機去傳的嗎？」

被叫米米的女生露出做壞事被抓到的無辜表情，「人家只是看你最近都不太和我出去，也不太接我電話。所以我就想看一下你最近都跟誰來往。」

「但也不行傳這種簡訊啊。」看了一下簡訊記錄，他露出無奈的表情。

等一下！有沒有搞錯！

邵凡的手機解鎖畫面我都不知道了，可是學妹卻知道。看著邵凡一點緊張感也沒有的臉蛋，我感到破窘，但是一點也沒辦法生氣，也許這就是愛情的可悲。我幾乎要開始對先前澄希單戀小樂時那種大度感到不可思議了。

除了米米，邵凡旁邊還站了其他兩三位男女同學，他們也跟著停下來，好奇地看著現況。現實強烈地震著我幾乎麻木。要不是身旁還有人，我大概會轉頭離開。

「是嗎？原來是我誤會了。」勉強扯開一張笑臉，至少能讓這場鬧劇結束得不那麼狼狽。

「欸大邵，她是誰啊？」

「認識的學妹。」

我應該高興我轉身離開，他們在打破僵局後同樣也選擇繼續移動，可悲的是，我們的方向是一樣的，因此就算不想聽見他們的交談聲也是沒辦法。

「看她穿制服，應該是專科部的。」

我不由得加快腳步，以前對於學校分為專科和大學的區別沒什麼心情感想，如今被這麼一講，心裡怪不舒服的。

「大邵。」

聽見米米學姊的聲音，不知道為什麼我漸慢下腳步。

「我喜歡你。」

心跳漏跳一拍。

現在難道流行當眾告白嗎？

我想舉步逃開，卻寸步難行無法前進。曾幾何時，我也亂了分寸，單是他人的一句發言就著魔似的如此在意。

「米米。」

腦海中浮現邵凡的表情。光是想像就難以呼吸。

「我知道你只是把我當妹妹看待，但是沒關係，只要你答應，我會努力讓你愛上我的。」

「可是米米，也許以前還有那麼樣的可能性存在，但是現在沒有了。」已經沒有能讓邵凡動心的可能了。

可是為什麼心跳並沒有因此停止反而更加速跳動？

這是什麼情況。

邵凡往前靠近我一步，因此拉開他和學姊的距離，米米學姊想必也很努力過，但是結果僅是一句話就翻盤。比起曖昧，直接明朗的愛情反而容易讓人灼傷，因為來得太毫無防備。

邵凡毫不猶豫地抓住我的手。

「妳擅自地走進我的世界，怎麼能夠什麼都沒留下就離開。」

「留下什麼就能離開了嗎？」我留下我的心，怎樣才能原封不動的回歸正常，然後假裝什麼沒發生。

他從背後輕輕抱住我。

「那我就不會輕易讓妳走。」

Chapter 4

藍鬍子

很久沒有做噩夢。

早上的時候哭著醒來，然而清醒後卻又想不清細節。早早醒來，惦記著剛才的夢，睡意早已消失。想不起來是一種痛苦，但要是記起來有可能會更痛苦。

但模糊印象裡，夢裡也出現和上一次一樣的蝴蝶。

盯著油漆有點斑駁的天花板，會和上個月小木阿姨新換的蝴蝶圖案燈罩有關係嗎？夢中有蝶，以前易經課的老師好像曾經解釋過，腦袋很沉，想了半天想不出什麼結論，我轉向窗外，清晨的天空很昏暗。雨季已經結束，空氣卻還是很潮濕。

起身換下睡衣，經過小木阿姨的房間時，探頭進去，房裡阿姨還在熟睡中。我鬆口氣，悄聲進入廚房。

原先廚藝算很差的我，前陣子想說要試著下廚，結果差點把邵凡家的廚房炸掉，把他嚇壞了。之後開始逼著我學做一些簡單的料理，雖然大部份的時間，都是邵凡在做菜，我觀摩，但我也確實有所進步。

說真的，我並沒有廚藝的天賦，也不感興趣。我喜歡的只是過程。因為調味太重被邵凡下令不准插手調味，或是忘了先把水滾就丟下水餃，誤會是水餃問題差點拿著收據衝去賣場而被阻攔。

看似平淡然後傻瓜般的互動，因為隨時可能會失去的惶恐而顯得更加珍貴。

啪地闔上冰箱。我拿出剩下的兩塊蛋和吐司，打算來做法國吐司。法國吐司算是少數我第一次做時不會很難吃的料理。

「早安。」

我聽見聲音轉頭過去，小木阿姨還穿著睡衣出現在廚房入口。

「早安，我吵醒妳了嗎？」我將吐司浸入蛋汁內，「吃法國吐司好嗎？」

她點點頭，然後往我走來，「妳沒有吵醒我，剛好起來接一通電話。」
「那就好。」
「這還是我第一次看妳下廚，我來幫忙吧。」她的語氣稍微清醒了點，臉上卻還是帶著睡意。
「我一個人就可以了。」
「真的嗎？」阿姨不可置信地看著我。
「總是一直麻煩妳，也讓我有機會服務妳嘛！」
偶爾也是會有想回報但是找不到方式的時候，常聽人家說廚藝可以征服一個人，雖然我應該還沒辦法征服一個人，但至少可以聊表一下心意。
「別把廚房炸了喔！」
小木阿姨的聲音和記憶中邵凡的聲音重疊，我莞爾，「我會盡量不要的。」
「需要我先打消防局要提早說喔！」
「哎呀，不要對我那麼沒信心！」
順手幫我清理流理檯面後，小木阿姨又看了我一眼，眼裡滿是疑慮，「那我到前面看電視，需要幫忙再叫我！」
「去吧！」我無奈地笑了一下。
「對了，今天妳有事嗎？」小木阿姨突然回頭。
我困惑地搖搖頭。
小木阿姨會主動問我行程是一件很難得的事。
「我想去看老師，妳要一起來嗎。」

我先是愣了幾秒，「好。」

她又接著說話，但我沒聽進去。

放下鍋鏟，吐司在煎鍋上散發著誘人的香氣，時間剛好，再多個幾分鐘，就會失去完美的金黃色然後焦掉，要是少個幾分鐘，蛋汁便會半生不熟地黏在吐司上，很噁心。

轉動瓦斯，熱氣騰騰炙熱地燙著我的手，小木阿姨快一步抓起我的手，啪地關上火。

「還好沒燙到，連方向都會轉錯，妳說我怎麼還放心讓妳進廚房。」

我愣愣地盯著微微泛紅的手指，慢一拍才回神，「只是不太習慣廚房的設備而已。」

小木阿姨看著我似乎想接話，但又沒有吐出半個隻字片語，取而代之，她輕輕拍了拍我的肩膀。

「昨天我夢到老師。」

捕捉到關鍵字，片刻的沉默炸開在我們之間。

我在紊亂的思緒中整理出最恰當的句子，「在夢裡，我媽還好嗎？」

「很好。在夢裡，我和老師出現在妳們的舊家，老師只是一直站在我的身邊，什麼話都沒說。」

舊家，老師。

宛若封藏住回憶禁地的封條，一不小心撕開就無可挽回。

「阿姨，我真的好想他們。」我把頭靠在小木阿姨肩膀上。

小木阿姨對我露出溫柔的微笑，「我知道。」

十年前，小木阿姨還只是我朦朧記憶中一個喜歡小孩子的溫柔大姊姊。然後在十年前的一天夜裡，一場火災，雙親在夢裡過世，獨留下我一個人，發生事件以後，天理不容的無疑是引發火災的兇手，可是當時調查的檢查官卻對我這麼說。

犯人是妳哥哥。

我和哥哥並沒有血緣關係，在我三歲那年，媽媽收養了哥哥，在我記憶裡，哥哥一直是溫柔待人。我也最喜歡哥哥了。

在一切都漸漸明朗之際，我卻得到哥哥失蹤的消息。我想再見他，因為我想問明原因，可是他卻彷若人間蒸發，再也沒有他的下落，所以我恨他，我恨他擅自剝奪我回憶的美好，然後什麼也不交代地就離我而去。

只是我一直不能明白，就像一場荒誕的夢，只是過了一夜，世界都變調。

我接過小木阿姨遞來的水杯，一口氣喝掉半杯。

「我一直很想知道，為什麼是我？」

為什麼非得是我，被留下來？

有時候失去本身不可怕，真正令人痛苦的是不明所以的失去。

「這個問題只有樊言知道。」小木阿姨摸摸我的頭。

也只有哥哥知道。

「嗯。」拍拍臉頰，強迫自己從鬱悶中振作，「不談這個了，我們來吃早餐吧。」

安穩躺在鍋底的吐司，色澤稍微黯淡，但是看起來還是很好吃。小木阿姨從冰箱拿出罐頭走過來。

「我買了新的罐頭，一起配著吃吧。」

我接過罐頭，將鮪魚塗在吐司上，撲上火腿和配料，端著盤子一起走去餐桌。小木阿姨打開收音機，電臺播放著輕柔的音樂緩和屋內沉悶的氣氛。

通常和小木阿姨一起用餐時，雖然沒辦法像一般親子那樣暢快的聊天，但是阿姨總有辦法能將對話毫無阻礙地進行，但是就算盡了再大的努力，我們的關係是在葬禮以後開始的，即便試圖忽略，但是總是有著心結存在。

總之，我之於小木阿姨，小木阿姨之於我，我們之間不存在著平等利益，也只是因為是她，然後因為是我，我們毫不費力地就輕易看見彼此，所以便放心地依著對方成為自己的習慣。

只是很怕有一天睜開眼睛以後，我又會失去她。

我沒辦法給任何人信心，就連自己也是，深怕一不小心，連自己也弄丟。

沉默了一會，小木阿姨才再度開口，「下個禮拜，我要到韓國出差，半個月之後才會回來，妳要好好照顧自己喔！」

「妳也是，要好好照顧自己。就算工作再忙也要顧好身體啊！上次妳回來整個超憔悴的，嚇了我一跳，還以為家裡來了陌生人。」

聽見我的回答，她大笑，「所以妳快點長大來幫我啊！」

這麼說，小木阿姨最近一直嚷著要請助理小姐來幫忙。

「妳說的喔，到時候可不要不認帳。」

她笑著說：「行，我替妳保留職缺到妳成年。」

小木阿姨往自己的杯子裡面倒入咖啡，沒有問過我往我面前的杯子倒入果汁。這是多年養成的默契，我把吐司邊撕下來，她伸手拿走我剩下的吐司邊放到自己的盤子裡。

小木阿姨頓了下，似乎是看見我放在桌上忘記收的班級合照，「最近學校還好嗎？」

「還好。」下個月就是校慶，最近班上討論攤位可熱鬧呢！

「再不久，妳就已經五年級。時間過真快，我還記得妳剛入學的樣子！」小木阿姨忽然感慨道。

「嗯。」這十年，過得很不真切。

盯著我好一會，小木阿姨輕聲道，「有男朋友了嗎？」

這、這話題也太跳痛了吧？

「妳什麼時候關心我的交友了。」我笑著閃躲不給正面回應。

「是上次打電話的那個男孩子嗎？」

有人說過，女人的直覺最可怕。可我偏最不信那套，無奈小木阿姨每次都能夠精準得答中重點。

我沒回答，但小木阿姨當作我承認。興致勃勃的說，「下次帶回來讓我看看。」

「妳可不要嚇跑人家啊！」

反正瞞是一定瞞不過小木阿姨的，我索性攤牌。

想著邵凡的臉，不知道為什麼想像著邵凡和小木阿姨見面時的互動會覺得想笑。

「妳想什麼那麼開心？」她狐疑地看著我。

「沒什麼，只是覺得讓妳們見上一面應該是不錯的事。」

□

「這樣就好。」

最後小木阿姨雙手合十再回頭朝著照片鞠躬一次。

雖然是假日但是現場的人沒有想很多，拄著拐杖腳步不穩的老奶奶經過我們面前的時候停一秒對我們微微點頭。

小木阿姨一手搭著我的肩，也扯開淡淡的笑容回應。

依照慣例，午餐在附近的一間家庭式餐廳。但是這次不是固定兩人份的套餐，而是看起來很難吃但是名字很好聽的定食組合。

「這裡的菜單都換新了。」

服務生解釋，因為換了老闆，新老闆依自己的喜好換了比較受現在年輕人喜歡的餐點。可是會來這裡的人應該不是想好好吃一餐吧？

看著送上來的餐點，雖然想意思意思的動筷子，但是送到嘴邊，強烈的調味讓人毫無嚥下的慾望。於是我改吃旁邊沙拉吧的甜點。

「要是真的沒辦法吃，就不要吃沒關係。」小木阿姨吃完三分之二的烏龍麵後，放下筷子。

「嗯。」

這裡的食物雖然不怎麼樣，但是甜點倒是費了不少功夫。

「我下午要回去公司一趟，就沒辦法陪妳了。」

「我坐公車回去就好了。」我聳肩。這也不是頭一回。

「晚上可能也不會回來。」

「又要在公司過夜嗎？」我放下湯匙，金屬面碰到陶瓷盤面發出清脆的噹一聲。

「嗯，應該明天早上就會回家了。」

「這麼忙，妳辭職算了。我也快畢業，也可以打工，我不希望妳累壞身體。」

「好好好，我這案子弄完，就請一個禮拜假什麼都不做好好休息。」

「說話算話喔！」

老實說，小木阿姨比起阿姨這個稱呼更適合姐姐。

從洗手間出來後，小木阿姨已經不在原位了。

同行的姐姐已經先付款離開了。稍早和我們解釋餐廳營業者換人了的服務員看見我的出現前來提醒一句。

要是小木阿姨在的話聽到的話一定超樂的。

我從來沒有看過阿姨走得那麼匆忙，至少都還會和我說聲再見才會離開。我有些不適應。繼續待在餐廳也不是辦法，我謝過服務員後離開餐廳。

一推開玻璃門，我猛地楞在原地。

沒有在離開餐廳之前先打開手機是錯誤。

這種時候邵凡出現在這裡，我應該當作驚喜嗎？

「我應該要習慣你突然出現的這種出場方式嗎？」

我還站在門口。意識到可能會擋住去路，所以向左邊挪動了一大步，因而縮短了我和他的距離。

從什麼時候開始邵凡的存在已經從驚訝晉升為理所當然。

「這個嗎，有我這種男朋友妳最好快點習慣比較好。」邵凡往我的頭上扣上安全帽。

「我努力。」

我一直很害怕有一天眼前有見的理所當然會變為印象中有過，曾經與我有相同約定的人，最後失約，他也人間蒸發。

「為什麼我來了，妳好像不開心。」

邵凡握住我的手，把我拉離門口走向停在一旁的機車。

「我也不知道。」

因為太不真實？因為害怕？

「別想太多。」我還沒鬆手，他先抽開手。

手掌還留著他手心的溫度。握起雙手，卻空無一物。

「嗯。」

隔著全罩式安全帽，玻璃框以外的邵凡像是上了一層塑膠膜，特別不真實，即使花費好幾秒視覺適應了，內心卻還沒。

這種情緒很微妙，好像你站在衣服前，看見喜歡的衣服而伸手，卻發先原來前方還隔著一扇櫥窗。

「妳姐姐早上打電話叫我這個時候來載妳回去的。」

我姐姐？愣了半秒，我隨即會意過來，「她聽到妳這麼叫一定會超開心的。」

「難道不是嗎？」邵凡挑起一邊眉。

「她是很像姐姐，可惜不是。但是你們什麼時候熟到交換電話了。」

「上次妳生病的時候，妳讓我聯絡她。」

「喔對！我都忘了。」

邵凡淡淡地微笑，沒有任何動作只是安靜地凝視著我。這樣的溫柔卻輕輕地刺痛著我，我終究還是放棄抗拒回應他的凝視，在他的眼眸裡看見自己的倒影，他所看見的那個自己，說到底不是真正的我。

可能是因為我，他才刻意放慢腳步，但我卻遲疑的從未跟上過。儘管如此，他寧可陪著我留在原地也不願多往前一步。

和我這種人在一起，很辛苦吧？

「在來的路上，妳姐姐又打電話來說，妳剛才沒怎麼進食，讓我再帶妳去吃飯。」邵凡發動機車。

「我不餓。」我伸手環住他的腰。

「讓妳瘦了怎麼行？當我的女朋友，妳只準胖不準瘦。」

「這麼說，那我不就要變成了大胖子。」我把頭靠在他的肩膀上。

迎面的風很大，我索性閉上眼，耳畔是他的呼吸，他的心跳。彼此分享著體溫，但怎麼努力也無法共享同一份信念。

仔細算起，我們在一起也三個月。我們開始得倉促，愛得平淡。但是目前這樣，夠了。

「我們這樣到底算不算在一起？」趁著停紅燈的空檔，我說。

「嗯？」

「我們的關係還是不公開狀態。」

「那就公開就好啦！」

「咦？」

為什麼聽起來輕鬆的對答，我卻感到困難。

「因為妳一直沒給出很肯定的回應，所以我也不敢做出什麼動作，既然妳都這麼問了，就趁這個時候公開吧！」

也許只是我的愛太內向，還不熟悉太刺激的外力，我慢了一拍才點頭。

凝視著後照鏡，我看見我自己，然後是邵凡，他太溫柔的安心，加深我的不安。如果他問我「在不安什麼？」我也許會坦然的表示自己對未來的不信任。

可是他沒有開口，深邃的眼眸裡，他藏了大部分的感情，我觸不可及，我們費心地隱瞞真實自己，試圖讓對方相信眼前的彼此才是真相。

我可以相信眼前的邵凡嗎？不對，我真的能夠愛他嗎？

□

說不定人一出生便帶著自虐底子。

嘗試過既有的刺激感以後，在懸著一顆心放下後，在感覺漸退去時；已然忘卻那份憂慮後，卻還是能夠勇敢的再試一次，沒錯，勇敢。

稍微扯遠了。

靠近邵凡的緊張感已經隨著我們交往的時間慢慢消失，他的存在大概可以稱得上是和呼吸一樣的自然。可是偶爾還是會不安。

偶然出現的危機感，大概是在校區撞見米米學姐或是梨樂的時候會令我窒息。

我照著簡訊內容到學校的體育館。

假日的體育館很空曠，只有三三兩兩的人散落著，我很輕易的就從中找到梨樂。

他正專心和眼前的對手對打著羽球，我悄聲的走到旁邊的休息區坐下，安靜地看著球局。中學的時候，梨樂是校隊的，揮拍很俐落，姿勢也很好看，側面的他專注的神情減了他平時的孩子氣，多了一分銳氣。

換邊又打了一輪以後，梨樂才發現我。他和對打的男同學交談了一下子，等著對方離開之後才放下球拍朝我小跑步過來。

「來了怎麼不說一聲。」

「看你專心打球我就不想打擾了。」

我放下背包，撿起旁邊的球拍，「再陪我打一場吧。」

梨樂露出溫柔的微笑點點頭又跟著我走回球場。

「我很久沒打了喔。」

「這樣說我也不會放水！」

很小時候我和他很常到公園打球，我差點體育不及格也是在梨樂的補救教學下勉強及格的。

梨樂很流暢的發球、擊球，就如他說的沒有放水。我幾乎沒辦法跟上他的速度，可是我就是沒辦法中途喊停，看著他認真的臉龐，內心卻感到痛苦。

也許一局以後，我們已經沒辦法再回到從前。

片刻太美，我捨不得結束。

唰地一聲我失神沒有反應過來，回過神羽球高速貼著臉頰拉出一條淺淺的紅腫。

「未雨。」梨樂丟下球拍直接從網子中央穿過來。

我眨眨眼，扯開笑容，「我沒事。」

他舉起手猶豫了片刻，然後從口袋抽出紙巾輕輕的貼著我的臉頰，他離我太近，眼淚忽然就掉了下來。沒料到我會哭，他一下亂了分寸。貼著我臉的動作頓時不知道要放下還是舉著。

看見他的慌亂，我笑了，舉起手按著他的手讓他放下。

「妳真的沒事嗎？」

「嗯、還可以。」

我放下球拍往前跨一步。張開雙手，抱住梨樂。他很高，就算貼近他也只能將頭靠在他的胸口。他被我的舉動嚇到愣住，一時之間沒有做出反應。

「讓我抱一下。」

我閉上眼，眼淚緩緩地滑下，弄濕下巴，沾濕他的衣領。

我從來沒有想過我有可能愛上一個人，但最重要的是今後的梨樂怎麼辦？

應該要我親口告訴他我和邵凡的事，但是我說不出口。我應該要照著兩人的理想假裝什麼事也未曾有過，還是遷就著邵凡延續著現況走下去。但是不管哪一個，總有一方會受到傷害。

□

「妳很久沒來了呢。」

「嗯、上次和梨樂來之後就沒有再來過了。」

相同的場景，相同的人事。澄希還是梳著包頭，我還是穿著學生制服。變化的是梨樂換成了邵凡，即便只是這樣，感覺已經有微妙的差異，就算少去了邵凡的存在，已經深植入的感情無法輕易的去忽略。

所以一個人走在路上，思考也自動調成兩人模式。看見第二件打折的時候反而能夠輕易的決定，平常最難取捨的草莓或是巧克力口味，現在卻能夠乾脆的各買一項，然後任性的把決定權交給對方。

今天的邵凡看起來有些不一樣，多了一點朝氣，看起來心情不錯。我挑了他對面的椅子坐下，然後任性的把書包和袋子塞滿剩下的空椅。

當兩個不同屬性的人放在一起的時候，往往等級低的那一方會習慣性矮化自己，自動地依著高自己一等的另一方。事實太近的擺在眼前，就算努力拉近彼此，程度不同還是殘酷的在眼前。所以邵凡站在我面前，伸出手碰觸時仍會猶豫。也因此，不相同程度的人在一起，需要的不只是很大的包容，還有決心。

拿我偶爾為了殺時間看的偶像劇來說，女主角A是平凡的上班主，男主角B是有錢的大少爺，千篇一律的情節莫非就是兩人排除了萬難最後在一起，然後結束。

重點是萬難。

連續劇都清楚的告訴了我們，身份差距是多麼千古不變的問題，那麼不是女主角也不是男主角的我怎麼辦？我的愛情存在著有一天邵凡轉頭之後可能就不再回頭的選項，我們之間沒有寫好要為誰而留的劇本，隨時可能脫稿偏離主軸。

我看著翻閱著菜單的邵凡，他注意到我的視線，抬頭回我一個笑臉。

我招手讓澄希過來幫忙點餐，即便已經習以為常，眼神交會的瞬間，還是會下意識避開。

結束點餐，邵凡等澄希走遠後，忽然掏出一枚銅板。

「正面我送妳回家，反面妳陪我去看完電影再回家。」

「要不反面我送你回家？」我咬著吸管提議。

「駁回。不然妳不想看電影，我們去聽音樂會？」

簡單來說，不是回家就是不回家。

清楚我的優柔寡斷，邵凡便直接用丟硬幣來幫我決斷。我該感動他的體貼還是懊惱自己的三心二意？

「好吧。」我緩道。

「看好嘍！」

邵凡的動作很輕很流暢，閉上眼再度睜開以後，他攤開手露出硬幣。

「好可惜。」他露出惋惜。

「也不一定要照硬幣進行啦！」反正一切回到原點也是不斷天人交戰的自虐過程。

「那折衷去妳家看電影？」

我抬頭剛好看到澄希端著托盤走過來。

她笑得開懷，一面朝我們走來，「你們這樣閃我們店裡就不用開燈了。」

「那樣剛好可以省電。」我伸手拿飲料。

「那就謝謝嘍。」澄希翻翻白眼然後收走托盤，「還有客人，就不當你們的電燈泡了。」

「明天見！」

我揮揮手，看著澄希消失在廚房後面。

傍晚時分，我才和邵凡離開店面回家，邵凡因為機車壞掉不能載我，便和我一起搭公車回去。

一回到住處，就看到門口停了輛卡車。

「啊！我差點忘了，小木阿姨幫我訂了新的書櫃今天會送到！」拍一下額頭，我驚呼。

都說人年紀大記憶會退化，難道這種現象是從十八歲開始？

還沒說完，在一旁的邵凡已經走過去幫忙工人，我也趕緊跟上。

陪著我直到搬運工人幫忙放置好新的櫥櫃然後離開，那之後邵凡又幫著我整理了被弄亂的房間。

距離上一次好好清理房間好像是一個月前的事？

我不好意思地看向一旁難掩驚訝的邵凡。

「跟印象差很多吧？」

邵凡偏著頭回應，「感覺不太像女孩子的房間。」

「那你的理想是什麼？」

「這個嘛！我的理想是在看了妳的房間以後才有的，要是妳真的想看，我不介意改造妳房間。」邵凡愉快的微笑，伸出手撥開垂落在我臉頰邊的頭髮。

「原來我不是你的理想。」我推了他一下。

「妳知道我的意思的。」

總算整理完房間後，我們精疲力盡各倒一邊在床上，邵凡看見我放在櫃子的相冊，好奇的拿起翻動。看見他的舉動，我也坐正靠上前。

其實我很久沒有看相冊了，不是不能也不是忘了，只是不想。可是不知道為什麼在邵凡不小心翻出相冊時，我並沒有抗拒他借閱的要求。

他低著頭不時偷笑然後提出意見，他一臉悠哉的抬起雙眼看了我一眼，「原來人家說女大十八變是真的。」

「我怎麼覺得你在說我以前很醜。」

「嗯？」

「你最好說清楚喔！」我撲到他身上。

邵凡輕鬆地閃開，我撲了空直接撞進棉被裡。

乾脆就躺著不動，我看著天花板，「如果我和以前一樣，你還會愛我嗎？」

「會。」邵凡絲毫沒有猶豫一派輕鬆的回答。

看見他心志堅定的態度，我卻感到失落。明明他就那麼的認真看待我們之間的感情，然而他越是投入，我卻沒有變得熟悉反而越是不確定。

「對了，妳怎麼會有這個東西？」他忽然拿出一條紅色皮革編織手環。

看到那個我才想起，那是前幾個月我撿到本來要拿去失物招領的手環。

「上次在學校撿到一直忘記拿去放失物招領。」我接過手鏈，「不過也真難得會有人想把這種東西留下來。」

「這種東西？」

「對啊，這是南部某間愛心之家用來辨別裡面孩子的手環，你看，手環內側還有數字和編號。」我翻開手環，內側刻了一行數字：03-701。

「這個可以給我嗎？」邵凡伸出手。

「妳認識失主嗎？」

「或許認識。」

「那就麻煩了！」

「不過我有一個問題耶！」邵凡舉起手。

「什麼問題？」

「我想看妳更小以前的照片。」他說。

我揉揉忽然發疼的頭，「為什麼？」心跳幾乎停止。

「為了更了解妳。」

我搖搖頭，「之前搬家的時候弄丟了，只剩十四歲以後的照片。」

正確來說是火災後就沒找到。但也可能被小木阿姨藏起來了也說不定。

邵凡沒有多問，點點頭表示了解，又低頭回去看相片。

「假如，我是說假如有一天你發現我不是你所看見的我，你還會愛我嗎？」

「那麼妳希望我看見怎樣的小雨。」

我沉默。

他嘆了一口氣，「我喜歡的是妳。因為是妳，所以我喜歡。」

「要是你發現我不再是那個未雨呢？」

也許我們在愛情面前都顯得太過渺小，對於任何一點在意都放大詮釋著不完美。

「妳還是很不安嗎？」邵凡坐了起來。

他的懷抱很溫柔，總是安撫我的不安，可是如此靠近他的心跳，他的味道，明明已經走進愛情的中心，身處於其中的我們，卻比起在曖昧的狀態時還花上一分心力。

沒辦法跨越的人是我吧。寧可作為旁觀者看著被小心護著的愛情，只要大膽的放手，說不定能夠蹦出什麼火花來。

「我會一直陪著妳。」邵凡輕輕的在我的額頭上留下一吻。

很溫柔的一個吻。

「要是我永遠都沒辦法真的去愛怎麼辦？」

「妳只要記住，我會一直陪著妳，就算妳忽然發現再也走不下去了，妳只要留下原地，回頭以後沒看到妳，我便會走過去。」

「嗯。」

捧起我的臉頰，他垂下眼凝視著我，我沒有回望他，但我知道他不會介意。

「妳只要知道，我很愛妳就夠了。」

他說。

窗外恰好有人放起煙花，我和他同時抬起頭，夜空上煙花燦漫，一剎那間，世間上的所有動作和時間好像停止，這陣子的煩惱和痛苦隨著煙花一同燃燒殆盡。

「好美。」我驚嘆。

「不要覺得自己不幸。」

邵凡明亮的雙眸裡映著火光。

「嗯。」

「要是覺得自己是這世界上最不幸的人，幸運或是幸福這種事，現在開始找就好了。」

煙花下，邵凡滿臉通紅，我看不清楚他的表情，但我想他是在微笑。

我並未追尋幸福的青鳥，不過現在也沒這個必要。

□

深深吐出一口氣，我轉頭看向身旁的人。

「走吧！」

邵凡沒有遲疑地牽起我的手。

正因為曾經受傷害過，因此明白心很痛，呼吸很難受，撕裂般的體會過，所以更不希望別人體會。縱然受到的傷害不一樣，我就是沒辦法讓他和我一樣痛過。

可是在我和邵凡在一起那那刻起，早就不可能。

一走進教室，澄希已經坐在我位子上等我了。

「怎麼了？」

她看了我一眼，露出緊張兮兮的笑容。

看到那個不准好意的笑臉，我就知道一定不是什麼好事。

「妳說吧！」我懶懶地開口。

「其實也沒什麼事，只是我們社團最近要籌備一個電影展覽和放映活動，想問妳能不能抽空來幫忙？」

「你們社團缺人？」我挑眉。

電影社算是熱門社團，福利好不用說，社課又輕鬆，還有機會可以到附近的片場觀摩。一向都是開放報名的第一天就爆滿了。

「人是不缺，但是這次社長忘記還有校慶，所以很多人要幫忙班上就辦法過來了。」

今年我和澄希都是負責幫忙當天的攤位招待，所以前置作業我們都不用負責。

「妳們社長也太糊塗了吧！大部分社團都會盡量避免這幾周辦活動。」

「所以我這不就在拜託妳了嗎？」澄希露出可憐兮兮的表情。

「我是沒問題啦，要幫忙什麼？」

「幫忙發傳單和跑宣傳。」澄希爽快的接話，一聽到我答應幫忙聲音頓時愉快許多，「時間確定，我會再通知妳！」

「這麼簡單，妳不用拜託我，妳直接說，我就會幫忙。」我笑。

「妳最好了！」澄希對我豎起大拇指，「不過、」

「還有什麼問題嗎？」

「社團有幹部希望我能麻煩一個人幫忙。」她欲言又止。

「是誰？居然用指定。」

澄希咬了咬嘴唇，「梨樂。」

他？

這我能理解，人大多都是靠視覺行動的，如果能讓梨樂幫忙，且不管後面展覽進行如何，前置的工作就能加分很多。

澄希露出快哭的表情看著我，等著我回話。

「妳問小樂了沒？」

「還沒。」她搖頭。

「那我陪妳去問？」我起身，輕輕拉起她的手。

「妳沒關係嗎？」澄希小聲的問。

沒關係。我搖搖頭要她別擔心。

梨樂幾乎沒有思考半秒就答應了，雖然發傳單這種事很簡單，任何人聽見都不太可能推辭，但是從我開口到對話結束，他的視線都沒有從我的身上離開過。或許，從頭到尾他都不知道他答應的是什麼，只是聽見問題就回答好。

現在的我對他來說，儼然是一種錯誤。就像棋盤上，清一色的白棋卻多了一枚黑棋，伸手想挑掉，但卻找不到理由，它就只是剛好在那邊而已，梨樂的執著有就只是剛好還在，而已。

像是風箏線，我們應該乾脆地切斷，但是反覆地猶豫在過去得太多美好，斷裂的瞬間，反而因為太過心疼無法乾脆得好好下手。

我應該要對他說什麼，像以前一樣拍拍他的肩或是若無其事地約他和樂樂出去逛街，但是最後一刻，我終究還是怯弱的跟著澄希離開。

跟著我回到座位，澄希解決了問題，一張緊繃的臉此刻放鬆許多，又開始和我聊起她的事，談起邵凡和梨樂，我趕緊打斷她。

「梨樂還不知道我們的事，在學校就別說了。」

她不可置信地驚呼，「他還不知道妳和學長的事？」

「嗯，我還不想讓他知道。」我瞄向梨樂，他現在和其他同學講話。

「所以你們讓幾乎所有認識你們的人都知道，唯獨他還不知道。」

「對。」我不耐煩地揮揮手。

澄希推了推我的手臂，「也許，他不知道未必是件壞事。」

但願如此。

我和他存在著太深太深的感情，既不是愛情，也不是單純的友情，我也說不清，我們並不是為了向前更跨進一步而對立著，只是想維持原狀。

然而天平的一端只要多了一點傾斜就無法平衡。我偶爾會想，要是身旁少了他會如何。但每次這麼想，胸口傳來的空洞太真實，因為太清晰，阻止我繼續設想下去的念頭。

我不是沒有想過要割捨掉我們之間的感情。若是彼此都放過對方，結果也未必是那麼糟糕，或許離開我，梨樂會遇到另一個真心對待他的人。可是，記憶還在，一想到徒留下空盪的回憶裡，而他已竟不在了，我就害怕。

摸摸胸口，一閉上眼，我想起的不是他，只是偶爾回過神，會習慣的搜尋他的身影。只是習慣。

所以我只要繼續保持這個習慣，只要讓想起他的身影帶來的安心當成一種習慣。

趁著幫老師搬作業到辦公室，澄希也跟著藉口提早離開課堂。班導最近換了新辦公室，離教室隔了一個整棟大樓。聽說是因為老師有可能被升為教授。澄希一走出教室，不再無精打采，拉著我說著她聽來的消息。

「不說這個了，小彌下個月生日，我們要不要一起幫她慶生？」澄希露出興奮的表情。

「好啊！我這幾天去預約餐廳。」在腦袋中已經開始列出了餐廳清單。

「別把妳家那位也帶去！」

「啊？」

澄希帥氣地甩了一下瀏海，「這是屬於我們閨蜜的慶祝，我和小彌可不想成為電燈泡啊！」

「好，只預定我們的人數。」我爽快拍拍她的背。

時值春末，校園裡不少緊抓著花祭末期學生搶著要和花草合影。不時還能見得情侶牽手散步在校區。但是搬個作業簿，就要不斷向借道拍照的情侶檔說借過，他們不嫌殺風景，我嫌累啊！

「妳不懂，這叫浪漫。」澄希打斷我。

「就為了浪漫要在學校散步？」我嘖一聲。

我就不會和邵凡在校園散步。學校在我的印象中已經與讀書、課本等只是義務的事畫上等號。就算種了再多花草也無法營造出任何浪漫的氣氛。

我抬起頭。

此刻天空不可思議的晴朗，彷若是刻意與我當下心情做對比。好像在藍天下展久一點便能感染一點燦爛，事實上我連邊都沾不上，我雙手環抱在胸口，好像少了什麼，但是心臟依舊有力的跳動。

「人不浪漫，人生無望。」澄希露出壞笑。

「妳很浪漫，但我想妳要是這次期末考沒過，人生也無望。」

「妳就不能應景點嗎？姊現在在教妳浪漫。」澄希皺眉，聲音並沒有一絲不快。

順利把作業簿搬到辦公室。澄希正因為剛剛被老師誇獎了字很工整，開心地在我旁邊像個小孩子似的。

「不過是被誇講幾句那麼開心？」我無奈地看著她

「妳總嫌我字醜還說！」澄希悠悠地說。

走回教室的路上，經過學生會舉辦的抽獎活動。澄希一看興奮的拉著我要過去弄清楚遊戲規則。

「只要寫祈福卡就可以抽獎了。」

「妳去寫啊！」我莞爾。

「妳要寫什麼？」很自動的拿兩張小卡片，澄希塞一張到我手上。

我愣了一下，反問她，「妳要寫什麼？」

「沒禮貌，我先問的耶！」

笑了笑，隨手往主辦單位提供的筆中抽一隻，在紙上寫了幾個字。老實說祈福卡什麼的我覺得挺沒用的，所以寫些什麼我也沒有很用心。

揚揚手上的卡片，我得意地看著她，「好了！」

「沒誠意，那麼隨便。」澄希撇了我一眼，露出不滿意的表情。

把兩個人的祈福卡交給附近的工作人員，換了抽獎券。

「我兩張都填妳的手機號碼喔！」

「為什麼？」

「我在打工的時候，手機都關靜音。況且，妳也比較方便。」

其實我想打岔，不管填誰的，其實不是很要緊。千分之一的機率比起隨地不留神踩了一腳狗屎都太渺茫。

最後我還是沒說。

「妳覺得我們電影社要不要也辦個抽獎？」

「還不錯啊！抽電影票我就去玩。」抽獎獎品是電器還是腳踏車，我都沒什麼興趣，但要是可以拿到免費的電影票，我滿心動的。

「妳要免費的電影票，我可以幫你要啊！社長有認識的片商，可以提供免費的電影票。」澄希驚訝道。

「我想抽的！」我堅持。

「看妳剛玩得那麼興致缺缺，我還以為妳對抽獎沒興趣。」

機率存在本身就很容易讓人上癮，站在中立的地段，內心卻不斷偏心的為某一機率抱持期待，若失若離，也因此在輕手碰觸到結果的時刻，那麼令人感動。

機率很公平，不是失去就是擁有，把心押注在那公平上只為換來一瞬間的激動與否。

「我對抽獎本身沒什麼愛好，但對獎品有。」

賭機率，太刺激心臟了。可是如果可能抽到電影票這個選項太誘人。

「是是是，最好一次抽中兩張。」澄希壞笑用手肘推推我。

「那樣最好。」我懶懶地回推她一下。

順勢勾著我的肩，澄希挑眉，「我忽然想到，妳和學長的進展如何了？」

「還能有什麼進展？就那樣啊。」我聳肩。

對面走出了好幾名班上的同學。下一堂是體育課，順著同學們的走向，今天是在體育館上課。

「什麼那樣啊？」澄希不死心的追問。

「還沒分手就是了。」我戳了戳她的眉心，「走啦，去上體育課！」

抬起頭，開好看到梨樂從人群中走出來。他看見我很自然的對我揮揮手，我也很自然的對他揮揮手。

現在就好。

祈福卡上，我寫的是這四個字。

我什麼都不信，什麼都不求。只盼現在這樣就好。

□

一下課就看見邵凡喝著超商買的蘇打水悠哉的坐在長凳的一邊。澄希見狀，對我做出驅趕的動作，然後拎著她的書包往後門離開。

我把手搖杯放在他旁邊，跟著坐下。

「下課了？」

「嗯。」我點點頭。

他抬起頭，揚起嘴角，「妳還是不喜歡讓別人在公開場合看見和我在一起嗎？」

「沒有啊！」我愣了半秒。

其實有很多話想說，但是因為阻隔在前方的情感太龐大，反而說不出口。要是有一天邵凡和梨樂同時溺水，我會選擇誰？

深陷愛情的時候是最可悲的時刻。長久以來，習慣作為一個旁觀者，對於突如其然的身分切換，比起說不習慣，更糟糕的是不知所措。我貼近著愛情前進，我不在乎看不看得見未來，假想著也許會失去明天，但是我害怕的是失去所有，卻只剩下我在愛情中央。

他安靜的凝視著我。像在夢裡，只要稍不留神，就會失去彼此。即便用心的擁抱著對方，用盡全力停留的還只是當下。

他忽然說，「等妳畢業，我們離開這裡。」

「去哪裡？」我詫異。

「哪裡都好，留在這裡妳便不能全然放心。」邵凡玩著手上的寶特瓶。

「不要任性。」

「我是認真的。」

他的眼神太過誠懇。一時之間我無法回應。

我想起，十年前命案剛發生的時候，有一天梨樂帶著我翹課，他拉著我跑到離鎮上很遠的一個廢棄遊樂場，當時他信誓旦旦的說等我長大以後要帶著我離開。

「算了，等妳決定好我們再討論。」邵凡撫平衣服皺摺，站起來。

我牽起他伸出來的手跟著起身。

「要去哪？」

「我帶妳去看一個東西。」他對我眨眼。

他拉著我往圖書館走去，遠遠的就看見小江站在入口處。他看見我們，開心的向我們招手。

小江插著腰，「你們慢死了。」

「又沒趕時間。」邵凡悠悠的開口。

「拿去。」小江丟來一個東西。

邵凡輕鬆自在接住，是一串鑰匙。「我晚上再拿去還你。」

小江懶懶的抬起手意思意思的揮一揮，然後匆匆的往反方向離開。

「他要去哪？」我還以為我們要一起去某個地方。

原來只有我和他兩個人。

「他噢，不知道要去哪裡玩了。」邵凡聳肩。

「對了，我一直很好奇一件事。」

「什麼事？」

邵凡往樓梯間走去，看來不打算搭電梯。

「你和小江是什麼關係？」我蹦跳到他旁邊。

「很複雜的關係。」

「你們該不會是什麼已分手的男女朋友關係吧？」

邵凡停下腳步轉頭看我，露出別有心意的笑容弄亂我的瀏海，「妳覺得呢？」

「我很認真！」我扯了扯他的衣袖。

邵凡好奇的瞥了我一眼，「怎麼會突然想問？」

「就只是突然想到想問，那小江他真的是同性戀？」我低頭。

「憑什麼你叫他就叫得那麼親暱。」邵凡故作嚴肅。

嚇得我一愣。

「不鬧妳了，阿太家教還滿嚴的，他前陣子和他老爸鬧脾氣，胡亂說的。當時嚇得他家兩老不輕，怎麼他也這麼跟妳說嗎？」邵凡繼續前進，一邊回應著我。

那之前不就是小江騙我的？

「那所以你們的關係是？」我不死心的追問。

「我也很驚訝阿太他沒有跟妳講！」他低頭戳了戳我的眉心，「他算是我表弟。」

「算是？」

「這又是另一個很長的故事，改天再說。」他笑，肩膀微微抖動，「我們到了。」

順著他的視線，我們站在會議廳門口，邵凡轉動門把，向我做出一個請的動作。

眼前出現一片星空。

「好美！」

眨眼適應黑暗後，我看清眼前是原先的會議廳，天花板上被布置成星空，塗上了特殊顏料，隨著角度變化，在一片漆黑中，閃爍著螢光。

「這是你弄的？」我轉頭興奮的看著紹凡。

「和系上的同學一起佈置的，小江也有一起幫忙。校慶那天會是一個展覽會場，現在還沒佈置完成，妳是第一個不是工作人員來看的人。」

我蹲下，地面沿著階梯到台前，貼著很多小星星，我伸手遮住，就像親手握住一片星。

「真美。」我低聲。

以前常聽說過去情侶會以星星月亮作為永恆的證明，可他們又豈知輕易捕獲一抹星痕如今是那麼簡單的事。現在滿街都可以看見以星空為名的藝術品，只是萬古不變的兒女情長要怎麼才能跟上時代的腳步也跟著簡化不再蠱惑人心，不再那樣的令人傷神？

才剛起身，邵凡突然抓住我的手將我擁入懷裡。

邵凡的眼角微微上揚，在一片星輝下，美得令人心醉。

我愣愣地看著他，片刻回神後，我推開他想掙脫，他忽然托住我的臉，很安靜，毫無預警的落下一吻。很輕，很淡，像是擦過指尖的一拂花瓣。他放開我，眼底是如此清晰，也那樣深邃。

我率先反應過來，伸出手拉住他，踮起腳尖，往他的唇上用力吻下。邵凡一時沒有任何反應。我收回手，有些狼狽，轉身想逃離現場。

邵凡從後面將我抱住，「我可以當作是妳對我的回覆嗎？」

他的嗓音很柔，很好聽。勾起我第一次見到他時的回憶。

我張口正想回答。

「碰」很輕的一個悶聲打斷我們，我和邵凡同時看向門口。

梨樂不知道已經站了多久，他一臉蒼白的望著我們。我沒料到會在這種時刻看見他，頓時血色全無。

「梨樂！」我叫住他。

「我答應認識的學長要來幫他拿遺漏在這裡的保溫瓶。」他聲音顫抖。

看著我，他的眼神帶著陌生和惶恐。他最終握不住保溫瓶，連同剛才的背包一起掉落地面。那一瞬間，空氣像是吸盡所有壓力和悲傷，壓著我胸口很疼。

「妳就什麼都不願告訴我嗎？」梨樂往後退一步。

我往前想攔住他，但被邵凡擋住，只能眼睜睜地看著他消失在走廊盡頭。

我撿起他慌亂中遺留下的背包和水瓶。

無形中的我們，其實早就已經做出各自的選擇。誰都無法更動誰的選擇。即便是對誰提出了困惑，也只是徒增了自己空白的距離。

我們都長大了。

就算伸出手確認對方的存在，也再也無法擁有彼此。在我和邵凡在一起的剎那，我捨棄的便是梨樂的感情。即便我未曾察覺變化，但是對於梨樂。世界已經不同。

只是，不管是梨樂還是我，執著著十年來累積太多的情感，反而無法輕易的確認雙手給出或收回的感情是否均衡。

甚至，無法思考。

我什麼話都沒說，但我想邵凡是懂的，他也跟著蹲在我旁邊，任我靠在他的胸口。

「沒關係。」他伸出手輕輕拍著我的肩。

也許，我早就料過在坦白以後的結果，所以我做不到。

Chapter 5

杜松樹

突然接到了一通電話。是樂樂打來的。

「我弟現在在急診，去看他一下吧！」她的聲音很冷靜，但是背景很吵雜，聽得人心亂成一片。我幾乎握不住手機。

接到電話的時候，紹凡正開著車要帶我和小江出去吃飯。問清楚醫院位子後，我放下電話。

「在前面公車站放我下車。梨樂受傷了，我要去看他一下。」

正巧紅燈，邵凡踩著煞車，轉頭看著我，「我送妳去醫院。」

我搖搖頭，公車站就在不遠，我解開安全帶，「這個時候，你還是不要出現比較好。」

他想了一下，然後點頭，「也好。」

「妳下車了以後，我就可以坐到副駕駛座了，天知道以前大邵的旁邊都是我的位子。」小江坐在後座開玩笑地嚷著。

「就一個位子也和我爭。」我白了他一眼。

「那飯不吃了嗎？」

都這個時候了還掛記著飯。正想回一句。邵凡已經先幫我開口了。

「那就改天再一起去吧！」邵凡輕踩著油門。

他很乾淨的側面很是好看，在他專心開車的時候，有一股說不出的成熟味道，車內有淡淡的花香，我四處尋找，有些驚訝他的車上會放花。

拉上手煞車，邵凡轉頭看著我，「妳在找這個嗎？」

邵凡打開手心露出一只香包。修長的兩指纏繞著紅色的中國繩結，茵綠色的束口小香包，順著他的手勢垂掛直下，在我眼前輕輕搖晃著。我伸手想要捏住，卻被他閃開。

「什麼香包那麼神秘？」我抓不到，乾脆板起一張臉裝生氣。

邵凡見我生氣了倒也沒有說什麼，反而是大笑幾聲，然後催促著我下車。掛念著香包，但是後頭的車按了喇叭，我關上車門，對車窗內的邵凡和小江輝揮手。

「那我走了。」

看著他們轉彎開向另一個路口後，我才轉身離開。

五月的空氣帶著幾分乾燥又幾分的溫潤。一排淡粉色的秋海棠地毯式的延著走道綻放著，醫院一向充斥著消毒水和大片大片的綠色印象，幾分春末夏初的花色，了卻那幾經生老病死的生死場所，也許室外花色大地是人生最奢侈的一點平凡。

憑著印象，我往醫院的急診室裡找人。

正想打電話問人，就聽到樂樂熟悉的聲音在背後叫住我。

「我弟在五樓病房。」

一聽，頓時一炸內心亂成一鍋粥。

樂樂叫住我的時候，我正好把背包放下想從裡面拿出錢包和手機。聽到她的話，一雙手竟有些使不上力。電話上樂樂說的不嚴重。只說是和人打架了，送去了急診，怎麼現在已經跑到病房了！

「不是說和人打架？很嚴重嗎？怎麼剛才還好好的，現在就住院了。」樂樂很瘦，纖纖的一雙手被我用力擰住。

但她也沒有喊痛，只是微笑，「吃飯了嗎？」

樂樂一頭長髮為了方便挽起來，梳成簡單馬尾，隨著她的動作在腦後甩著。

「還沒。」我接著說，「先去看梨樂。」

「他還好嗎？受傷重不重？明天能去上學嗎？」突然哽噎說不下去，我乾脆拉著樂樂不放。

樂樂面帶奇怪的看著，「妳急什麼呢？那傢伙好得很呢！」

「妳別騙我。」我雖然平常不太用腦袋，但是打架打進病房還能不嚴重嗎？

「不信，妳自己去看。」樂樂停頓了一下，才又接著開口，「但是後天是不能去上學。」

「啊！」兩行淚已經掉下來，看不見人急死人了。

樂樂伸手大力抹去掛在我臉頰上的淚痕，「後天是我家有事，他必須要跟著回去一趟。好啦！別擔心了，我告訴妳病房就是了。我弟他在509C。我要出去買東西一下，妳先上去吧！」

她陪著我走到電梯前，才轉身離開。

一到五樓又迷路一次了。我轉了三圈，只看見A區、B區和D區。再三確認了不是我眼花，指示牌真的少了C區，我才姍姍的走到服務台。

「C區是特別病房。我帶你去。」值班的護士一聽啊了一聲。

特、特別病房？

我抓住眼前的護士，「我朋友他挺正常的，怎麼會是特別病房？是不是醫生判斷錯誤？不就是和人打架了嗎？」

被我一擰，護士吃痛的皺眉，我趕緊鬆手，著急地等著她回應。

「小姐，你冷靜一點。妳男朋友只是住在比較好一點的單人房。沒事的，我帶妳去看他。」她溫柔的微笑，拍著我的背安慰我。

換我啊了一聲，愣著看著她。

「那、那妳帶路吧！」

默默的跟著護士小姐走了幾步，我才發現剛才對話不對勁的地方。

「那個，護士小姐。」

聽見我的叫喚，護士小姐笑吟吟地轉頭，「怎麼了？」

「妳剛剛說他，那個病人是我的誰？」我小心地看著她。

「妳男朋友啊！看妳急成這樣，想必那位一定對妳很重要吧？」她理所當然地回應。

「我們不是那種關係！」一聽我連忙澄清。

「這麼說，妳們還沒開始正式交往，放心，我會幫妳們守住祕密的！」護士小姐會心一笑的看著我。

我……這、這話題也太接不上線了吧！

走到門口前面，護士小姐忽然擋住我，我想開門卻被阻止。

「怎麼了？」該不會樣子真的很糟要讓我有心理準備吧？

沒想到，護士小姐忽然搭著我的肩，語重心長的開口：「我看妳們還年輕，也許對愛情沒有什麼經驗，但我還是要跟妳提醒一下。」

我傻住，「什麼？」

「很多時候，我們以為拒絕的只是近在眼前的事實，可是其實推遲的是早已定案的結局。妳看起來才十七、十八歲，也許還有很多事都還沒有經驗，但是感情這種東西，不是越放越久就越有價值。妳還沒來之前，就有一票女孩子跑來探病了。妳啊，要是不積極一點，機會被搶走也說不定。」

我一征，一時半會沒想到要反駁，反而順著她的話接著開口：「既然有一票女孩子，說不定我也只是其中一位愛慕者，正牌藏在裡面。」

「這就更不用擔心了，」她拍了拍胸口，一副自信滿滿樣，「妳別看我其實才來實習一個多月，在護士這個行業我算新手，但感情這行，我還算老手。」

說完，她拉起我的手，「看感情這東西，看的是心。」

「這麼準？」我苦笑，我還能對梨樂安有什麼心。還好我沒讓邵凡一起來。

「因為妳在乎他。」

「什麼？」我有些莫名。

「妳們不是陌生人，所以妳才能一聽見病房沒問清楚就那麼著急，但也不是家人，是家人不會不知道病房的，當然通常也不會自己一個人。妳是關心他的，在乎他甚至遠超乎一個朋友之間的理智常情。」她握了握我的手，對我說了聲加油。

「好了，我還在值班，先走了，如果還有什麼問題可以到櫃檯找我，任何問題都可以喔！」她指了指名牌，讓我記住她的名字。

每個片刻，伸出手掌握的是現在，是片刻後的過去，也是未來。錯過太頻繁，時間的差池似乎也就不那麼重要。

我握著門把，倒有幾分猶豫。

我不是沒有想過，只是從來認真沒有考慮過，梨樂在我心裡，到底算什麼？難道我真的如護士小姐說的一樣，我其實喜歡他？那站在我身旁的邵凡又是什麼？

在我能反應以前，門把在我手中轉了半圈，往後被打開，我愣愣地望著手中脫離的門把，抬頭便看見梨樂站在門口。

本能地秉住呼吸。

「妳來了。」

他的臉上一閃驚訝，但很快又恢復成原先的淡然。千言萬語卻在那一眼已消失殆盡。我忘了要開口，想在他身上找到昔日的一絲熱情，然而碰到他冷漠的眼神，我怯弱的想轉身離開。理智燃燒著，我還是選擇留下來。他的臉上貼著紗布，嘴角還有擦傷，雖然已經處理過了，但是他僅是開口，我便看到他輕微的皺眉。

「怎麼弄成這樣？」

我抓起他的手，上面纏著很厚的紗布。

他掙脫我的手，淡淡地看著我，「我姊應該和妳說了，和人打架。」

他站在半開的門口，他擋著，但我依稀可以看見病房裏頭擺滿了慰問的禮盒和花束。想著在我之前已經有人先進去過了，內心竟有一絲不是滋味。

「我要出去一下，可以麻煩妳讓開嗎？」他低頭看著我。

「我、你不是答應過我不會再和別人打架嗎？」我往後退了一步，但是他沒有動。

「所以呢？」

「既然答應了就要做到。」深吸一口氣，我開口。

「然後呢？」

疲倦的看了我一眼，他略過我就想往後走。他的臉上有很深的黑眼圈，氣色也很不好，除了受傷帶來的憔悴，他整個人就像生了一場大病剛痊癒的時候。

「梁梨樂！」

我大聲叫住他。

他停下腳步但沒有回頭，我忽然害怕要是不向前拉住他就會真的失去他。我往前扯住他的衣袖。他突然回頭用力地將我攬進他的懷裡，顧不得我扯住的是他受傷的右手。

我眨眼，來不及回過神，嘴唇碰到一片溫熱，很輕很輕，卻是很炙熱，像是燙著烈焰，稍不留神就會引火上身。他吻的神情很壯烈，有種滄桑感，彷彿一旦放開就會失去。我忘了要如何反應，隨著他擁著我，吻著。良久，他鬆手放開我。

他手上的紗布被扯開掀起一角。

「妳已經看到我了。安心了吧！我還沒死。」他的聲音裡沒有熱情。

「你怎麼能這樣詛咒自己！」我氣極敗壞。

他沒有回我的話，反而輕輕的捧住我的臉，「魏楚婷。」

我愣住。

「每個人都有各自最珍惜的人，不論對方把自己放在第幾順位，那個人或是那些人都會是自己偶然想起掛念著的人，而你就是我的唯一。」

他沒理會我的反應，又是看了我一眼，然後接著開口，「妳走吧！」

這一次他真的沒有回頭和遲疑，很乾脆地往前大步邁去。

這次分別，也許已經注定結束了我們紛擾彼此數十年來的糾葛以及建立起的關係。他離開的很決然，有種壯士悲壯的堅決感，甚至到了叉口也沒有回頭。他什麼也沒有表示，但我明白，他只是需要時間。可是即便如此，我們再也不是朋友，再次見面了也沒辦法自然地打招呼，但我卻有預感，這次結束，是開啟了另一個開始。

心裡一片亂糟糟的，我按著嘴唇，軟軟的。上頭來留著方才的餘溫。倏然心裡一動，眼前模糊一片竟不能看清前方。抹去滑落眼眶的淚珠，卻擦不去一片茫然。

許久我才聽見不知道響了多久的手機鈴聲。

「喂？」電話那端傳來熟悉的聲音。

我趕緊抹掉臉上的淚痕，大力吸氣，語帶爽朗地回應。

「吃完飯了嗎？」

電話那端背景依稀可以聽見小江的笑聲。

「我們沒去吃。」他接著開口，「妳在哪裡？梨樂還好嗎？」

「嗯，還好。我在五樓，梨樂剛離開。」

隨便扯了幾句。正想找個藉口掛斷電話，忽然邵凡沉默片刻，遲疑了一下開口：「妳在哭嗎？」

「沒事，只是這裡訊號不太好。」

「我去找妳。」

「別、」我還沒說完，電話就被掛斷了，「別來找我啊。」乾對著手機，我低聲把剩下的句子接完。

按下電梯。抬頭查看樓層顯示，十樓。

呆站一後會，數字顯示竟卡在九樓就不動。實在要等太久了，我乾脆從樓梯下去。

走到五樓和四樓中間，我扶著欄杆慢慢地蹲下來，想著要打通電話但手機已經沒電了。大概是昨天晚上做報告通宵太累了，就忘記充電。

我抱著膝蓋靠著扶手。

忽然很想哭。

樓梯間一向鮮少有人會經過，除了各樓層出口的大門，清幽的樓梯各在牆壁邊上打了四方的窗戶，今天是陰天。半暈半明的，我盯著一格一格望下延伸的樓梯發呆許久。

一走出醫院，我便看見小江，他正在講電話，看見我很開心的向我招手。

「妳可把大邵急死了。」他掛斷電話。

還好我已經先去廁所洗過臉，看不出剛哭過的痕跡。趕緊回一個笑臉。

「怎麼了？」我開口。

「現在沒事了。」他捏了捏我的臉頰。

外頭風很大，配著很陰涼的陰天。風中透著一股無法舒展的抑鬱。我瞇著眼看著小江，他很高興我的出現，對著我數落著我不在的時候發生的事，但我無心留意。

很久以後，我才知道。當時電話被掛斷是因為邵凡走進了電梯。也是正好，當我在電梯前猶豫然後轉身走向樓梯口時，他剛好從另一部電梯出來。聽說他也找遍了整個五樓，因為我的電話打不通還差點和櫃檯的值班護士吵起來。我在樓梯鬱悶半天的事，梨樂也都知道，因為當時他就站在五樓，由上往下看著我，直到我離開後才跟著掉頭回病房。

也許我們三個人，早就說定了錯過的命運也說不定。

『妳知道嗎？』晚上樂樂丟了訊息。

我猜她想和我聊梨樂的話題。

『梨樂最近在衣著上改變好多，我不知道妳們發生什麼事，但是小樂這次會打架是為了妳。我不希望我弟的一番心思終究付諸東流，妳就別老是生他的氣。』

我不想知道原因，也不想再費一絲心力，於是關機下線，任由著聊天室的訊息一則一則彈出。

其實，不喜歡一個人，即便對方改變得多麼突出，也是枉然，因為不喜歡就是不喜歡，可是喜歡一個人呢，即使要付出多大的代價，不管對方是在意自己的，討厭自己的還是壓根沒想過自己，也是無法阻止一個人去喜歡另一個人，這並不是愛情有多偉大，而是愛情本來就是如此。

為心事煩擾所苦了一整夜的後果就是早上睡過頭。

在邵凡瘋狂的門鈴和手機催擾，我才驚醒，那時牆上的時鐘已經很慘烈的指著七點半。結果連著他都差點遲到，誰叫我睡過頭的這天，也剛好他有早八的課。

當然連早餐都來不及吃，只好啃著前天澄希打工帶回來的麵包當早餐。寫完晨會的紀錄簿後，澄希愉快地跑來找我。

「真難得妳會睡過頭！」她打趣地看著我。

「也難得妳會議紀錄只花了五分鐘。」我看了她一眼。

五分鐘前班導今天的話量想必是寫了整整一小時都未必能詳細記錄完成。

「妳不懂，這叫精簡，我這是專業。」她大方的打開簿子。裡頭內容可謂言簡意賅，能省則省。還好她只是今天代替學藝股長這一次。

「吉人之辭寡，躁人之辭多。」她見我不服氣，繼續碎碎念。

「行。我了解了。」我意興闌珊的應答她，「就妳是吉人，其他都是躁人。」

「我不是那個意思。」

我抬起頭，她站在我前面剛好擋住後面的座位，但我知道在她身後的那個位子是空的。陰晴不定的大白天，教室裡只開了兩盞燈，柔弱的光線打著，竟有一絲光暈效果，像是抹開的粉彩，畫暈了畫布一角。

在病房見面後，樂樂又特地來通電話提醒梨樂缺席的事，並敲定了晚上回來後一起吃飯的事宜。電話那頭的樂樂聲音絲毫聽不出詫異，倒是一貫愉快氣氛。起初我有點擔心電話會被傳到梨樂手上，但最後只是彼此寒暄了幾句後就斷了電話。

「妳剛有聽到我說什麼嗎？」回過神，澄希正用她的指甲刮著桌面。只要她不耐煩就會這樣，顯然她剛才講了不只一句話。

「對不起，我沒留意。」

「算了，妳也不是第一次這樣，不過這回又怎麼了，已經很久沒看到妳心神不寧。」她擔憂的看著我。

「沒什麼事。」我擺擺手，「對了，妳說小彌交男朋友了是怎麼一回事？」

雖然走神了，我還是有接收到一些訊息。

「妳又說錯了，這是我昨天和你說的。」澄希在我面前二度嘆氣，眼神死得像在看重病患診。

「那妳再說一遍。」反正都錯了，臉皮再厚一層也沒關係。

「妳啊！」她往我眉心大力戳一下，差點沒把我戳的往後仰，「前幾個禮拜，有一個學長和小彌告白了。她還和我討論了三天後才答應人家。」

「還討論？」

「真是高明。」

「對，這招叫欲擒故縱。」

「其實小彌以前就有注意到人家，只是一直沒有確定自己和對方的心意。也剛好就趁機會在一起。」

「難怪最近她都很少跟我們出去，連原定的生日餐都取消了。」我忽然恍然大悟。

看著我，澄希已是滿臉無奈。

「帥嗎？」我纏著她要照片。

拗不過我的死纏爛打，她才打開手機出是裡面一張合照。站在小彌身旁的男孩子，是典型的現代清秀男孩，一雙鳳眼，皮膚道很白淨，要作是古代，應該是書生相，配著小彌，才子佳人，倒也挺相襯的。

「妳們已經見過了？」我好奇的發問。

「我已經鑑定過了，這個人絕對是正人君子！」澄希對著我拍拍胸膛。

剩下的時間，雖然我想找她討論梨樂的事但是一直不知道怎麼開口，乾脆又賴著她問了一些關於小彌的事，再說用自己的苦惱去掃興也不太好，同時也算是補足了這幾天的失態，順便分心暫不再困擾。

這一天也到就順利的結束了。

今天輪到我當值日生，放學後必須要留下來確認門窗和檢查垃圾桶。離開的時候經過了梨樂的座位，我停下腳步。每天都會經過相同的位子，可是今天卻顯得特別不一樣。

我盯著空位，不由得一怔，一個恍神，手機從手中滑落摔到桌面。低頭要伸手的瞬間我瞥到抽屜裡有一個紙盒。我並不會去翻別人的東西，但是不知道為什麼第一眼看到紙盒就感到特別的在意。我趁著彎腰撿手機，一起把紙盒從抽屜拿出來。

澄希剛好不在，我覺得很慶幸，拿著盒子我看到我都手都在抖，我回到位子上，拿起美工刀輕輕的割開上面的封條。

打開盒子，裡面包著泡泡紙，但輪廓依舊可見。

我顫抖的伸出手，泡泡紙的下面是音樂盒。三個月前被摔壞的那個音樂盒。

當時被摔得面目全非，可是眼前的音樂盒和原本的模樣幾乎一模一樣，要說不一樣，也就只是鎖頭的地方原本是金色的而現在是銀色的。

我捧著音樂盒坐在位子上發愣。我始終戴著項鍊，可是我沒有勇氣打開，手按著項鍊，卻不敢有動作，我怕鎖已經換了，怕裡頭已經不一樣，更怕我與他的過去美好會在打開的瞬間煙飛散滅。

時光荏苒，我護著回憶，深怕現實的不美好會汙染那曾經的單純美好。

恍惚之中，一雙修長的手勾起我掛在胸前的項鍊，動作很清但很有力，項鍊一下就被扯下來，我彷彿看見梨樂，他接過我手上的音樂盒，流暢的插入鑰匙，我抓住他的手，我從未如此的激動，我握的用力，手臂上的血管幾乎要浮出，我也才確定眼前的梨樂是真實的。

「放開。」

他的聲音很輕，像是融入空氣中逐漸消散，但我聽得清楚。

「不要打開，拜託。」我哀求著。

胸口像是有一團棉絮炸開，斷斷續續的飄散，連思緒也變的混亂不已。

即便回復了原狀，再度碰處記憶深處那片回憶依舊是不堪，「也許，我們之間在音樂盒破碎的剎那，平衡就已經被打破。」

我還是我，梨樂還是梨樂，只是時候到了，分開有了不同的道路。

「我不相信。」梨樂太過堅定地開口，尾音微揚，減少了幾分堅決。

最終他鬆開手，音樂盒和鑰匙落回桌面，發出很輕的聲音。他一直很安靜，也許看著我，也許看向別處，我始終盯著前面，不敢轉頭，透著手機反射面倒映著他的身影。他的臉上還貼著紗布，他沒有受傷的手抱著幾本課本，手機黑色的屏幕凝結著他看不清楚的表情，模模糊糊的。

良久，他又轉身離開。

他的背影有一種孤勇。小時候，我很常和他去動物園，有一回我問他為什麼特別喜歡去看企鵝，他回答我說：「企鵝有一種寂寞，牠們離開了南極太久，我去看牠，陪牠。」當時我笑他，因為我不明白。但我現在懂了，也因此特別怕去動物園。連校外教學投票去動物園我都不投。

梨樂，他有一種天生的寂寞。

「我們其實都離開自己習以為常的環境很久，卻還是以為自己還在原地。可是我們早就在認知習慣不同以前就已經不在原地。」

心亂如麻，也許我的心早就不齊全。

所以即使看到他回頭時露出痛苦，我還能夠平穩的把話說完。

「邵凡說的對，只要我還留在這裡，就沒辦法真正獲得平靜。」我自顧自的接話，凝望著他的痛苦太深，我只能透過倒影，減輕幾分罪惡。

「離開以後就真的能獲得平靜嗎？」

原來他還沒離開，大概是走到了門口，聽見我的話又停下來。

不管是他或是我都陷入沉默，低下頭頭的同時，我瞥見手機的提醒亮著，顯示一則未讀簡訊。

我愣了一下，才轉過身去，帶著不可思議，連梨樂也被我的反應嚇到。

「我抽中了。」

他呆呆地看著我，過了一段時間才吐出兩個字，「什麼？」

雖然不明事理，但梨樂還是抱著書跟著我走到當初和澄希一時興起玩抽獎的地方。他很安靜地跟在我後面，我走的很慢，他的步伐一向很快，配合我，他一步當兩步竟還有些落後我的速度。

在相同的地點，我接過主辦人手中說是獎品的等身熊娃娃。我打了電話通知澄希，她知道我抽中特別獎很開心，她說她對毛織品過敏，娃娃就直接給我。看到獎品，梨樂同我一樣露出震驚。我雖然不是第一次看過特大號熊娃娃，可是要把牠抱回家還是頭一次。

「挺重的。」幫我抱了一段距離後，梨樂悶悶地發表評論。

想著他的手傷，我接著抱過來，又走了一段路，「其實抱著牠去搭公車挺尷尬的。」我也悶悶地發表個人感言。

梨樂看了我一眼，「我叫我姊開車過來。」

「不用啦。太麻煩了。」我搖頭。

「不然我叫司機過來？」他困惑的開口。

「我們走回去？」

暮色漸漸暗去，晚風吹起落葉捲起小龍捲在我們腳邊，也一併捲去沉重和不愉快，像是舒展開了茶葉，我看見在他嘴角不明顯的笑意。用手肘假裝不經意推了推他，他縮著身子閃開，我乾脆一把勾住他手。

他停下但沒有把手抽開，他很溫和的對我笑，「好，我們走回去。」

他的眉間有著既往的熟悉感，帶著孩子氣，我想起我們才十八歲，只是我們經歷了太多超乎我們年齡可以承受的事。

忽然，我覺得好像一切都可以無所謂，也許這個時候我的想法是錯的。

可是千萬種後悔都抵不過當下的一瞬間美好。

「不過我一直有一個疑問。」

梨樂突然停下腳步，我沒反應過來一頭撞上。

我們中間隔著一隻大熊，所以我看不清楚他的表情，但從語氣上來聽，他不像是在開玩笑。

「怎麼了？」

「妳的成績很好，決定高中的時候，明明就可以申請上我們縣市裡女子最好的高中，但妳並沒有。」

「要是我念女子學校就不能和你在當同學了。」

「少來了，我怎麼可能被你列入決定原因，我讓你別去參加長跑，你還不是不聽，最後扭傷還最後一名。我們學校雖然不差，唯一的特色是和大學結合，直升很方便外，好像沒別的優點。說一說吧，你為什麼會決定來這裡？」

「這個問題不是應該在一年級的時候就問了嗎？」小木阿姨一直都很尊重我的決定，當我聽到梨樂也申請和我同一所學校的時候，我也是很驚訝。

「我一直在等妳解釋。」

「喔，因為那個時候好像聽別人推薦的。」

「是喔。」他半信半疑。

「我為什麼要騙你。」我淡淡一笑。

那個時候，我聽說哥哥好像曾經在這所學校停留過。打從一開始，我就是為他來，但是到如今，當初的本意和現在已經沒有任何關係。

回程的路上，巧遇梨樂認識的一位攝影社學長，對方拿著相機，興致高昂地幫我們拍照，拍完照後，梨樂向他要了兩張照片。

「你笑起來很好看。」我湊上去一起看。

「妳拿走一張吧！」梨樂心情看起來很好。

他又陪著我到附近的商店街逛了好幾個小時，我把女用圍巾玩笑的披在他身上他也沒生氣，他替我把整台扭蛋機的扭蛋都轉出來只為了轉到我要的最後那一個款式，明天有重要的考試都不管了，差點連和樂樂的飯局都忘記。

但他說沒關係，如果我還想繼續玩，飯局可以取消。他一直很縱容我，寵我。即便知道我愛的不是他，他還是沒能忍心讓我難過。我不知道，他從那天以後是否還有真心笑過，我不敢知道。

可是我還是讓他傷心。

□

過了幾天，依照原先說好的。澄希早早幫我和梨樂請了公假，下午上沒兩節可就抓著我們去幫忙社團活動。她給了我們各一大疊傳單和印著社團名義的背心。

發傳單的工作很簡單，可是發久了也挺無聊的。最重要的是不曉得是誰設計的，總之澄希給我們的那件背心，真的很醜。可是這算社團活動要穿規定的社團服裝。

我苦著一張臉看著澄希。明明社服就那麼好看，可是背心怎麼就不能設計同一款式？背心不管正穿還是反穿，怎麼看都像競選背心。

「妳有沒有多的社服？」我指著澄希。

「我就買一件。一件多貴妳不知道。前社長為了一件社服可下足了成本，還找人來設計。說是如過有重要場合可以穿出去增加曝光率。」澄希要我忍著點。

「好吧！那我買一件。」我露出可憐兮兮的表情。

「社服不外賣，除非妳下學期要進我們社團。」澄希又笑，趁機拉攏我入社。

這麼麻煩，還是算了吧。

我洩氣地把外套穿披在外面，正面有看得到背心就可以了吧？

灰僕僕地又繼續發傳單。某個幫忙的學姊經過我前面，嚴厲地指著我的態度。我趕緊端正，像是小學生一樣，擠著笑臉對每個路過的學生和老師遞傳單。

原想發傳單是十分輕鬆的事，不料才發不過一會兒，我已全身痠痛。我開始可以體會櫃姐長時間站立的痛苦了。別於我在外面辛苦的苦勞，梨樂早被調到內場協助解釋和接待。偶爾換個地方，我看見他夾在一堆學姊中間，似乎也無暇顧及我。

人帥真好啊。

發了大半的傳單，我也熱得滿頭大汗，跑到後面看著澄希佈置會場。

「發完了嗎？」她正在核對器材名單，沒有抬頭。

「還有三分之一，有學姊叫我們先休息一會。」我拉了旁邊一張椅子頭靠在上面坐下。

她對完資料把文件放下，看著我，「有沒有稍微對我們社團有興趣了？」

「沒有。」我吐吐舌頭。

拜託！社團的學姊多兇，我才不要進去當砲灰。

「怎麼，被兇了嗎？」

我大力點點頭，努力擠出看起來很無辜的表情。

「放學我們找小彌一起出去吃冰，我請你。」她拍拍我的頭，「去小彌男友打工的那間冰店。我們去可以打折。」

「要去當電燈泡？」我啊的一聲，震驚地看著她。

是嫌她一個燈泡不夠亮嗎？

她訕訕的看著我，挑起一邊眉，「怎麼？兩個太少嗎？」

「不是啦！」

「去吃冰不要想那麼多！」

我抬頭開好瞧見，梨樂拿著水杯被一群學姊圍在中間開心的嘻笑著。

扭開水壺，大口灌下，「好，我們去吃冰！」

澄希和小彌通話知會時間。結束後，小彌的男友和小彌興致勃勃開車到學校載我們。據澄希的說法，那是一間在巷弄內的小冰店。

到了現場才發現，她口中的小根本是一場誤會。我還是頭一次看到冰店能開得和咖啡館一樣的！而且還是預約制，廳櫃檯說名單都排到三個月後了！

「我以為是南廷學長在這裡打工？」

一坐下來，我才知道這間店是小彌男友家開的，我開始逼問澄希。

她嘿嘿一笑，竟然跑到小彌背後藏著。

「我只是說打工，可是沒說不是他家的！」她理直氣壯。

南廷學長停好車走進來剛好擋在我和小彌之間，他沒有聽見我們先前的對話，露出很溫柔的笑臉向我發問，「怎麼還站著呢？」

澄希躲在小彌背後對我扮鬼臉。

她在靠近吧檯最近的一張座位坐下，我也拉了她對面的椅子坐下。小彌很歡樂的跟著南廷學長跑到吧檯後面，又甜蜜蜜的拿著菜單跑出來。

站在南廷學長身旁，她看起來真的很幸福。光線充足的店內，他們倚著對方而立，天造地設，自信像是即便前方有什麼危難都阻止不了他們。

小彌圍著米色的圍裙，南廷學長一身休閒打扮，要不是現場淡淡茶香和偶爾的車馬喧，我像是身在家庭劇場裡。

「這是最新的菜單，妳們要吃什麼儘管點，我請客。」她笑得眼角都彎成月形。

澄希很高興的接過菜單開始往高價的點起。我還是第一次知道吃冰可以吃到快一千。看不慣我的猶豫不決，她照常幫我決定。

「妳說，這麼貴的冰到底長什麼樣子？」

「待會妳就知道了。」小彌走了過來幫我們倒水。

「不過我上次來吃也是嚇到，我還挺好奇妳的反應的。」澄希笑咪咪地回應。

「我看時間也不早了，要不待會一起吃晚餐後再走？」小彌提議。

我和澄希互看了一眼。反正也沒什麼特別的事，我也跟著點頭。

「好啊！」

「製作還要一段時間，二樓之後也會開放，現在有新的裝潢，妳們要不要去二樓參觀，我還可以順便給妳們看我昨天去買的衣服，也是放在二樓。」小彌隨手拿著一塊白色的抹布擦了一下桌子，她得意的笑「我還拿了新的衣服目錄。」

「好啊！」澄希立刻起身。

「那走吧！」小彌放下抹布朝樓梯口轉身。

我才不會上當！

小彌逛街是出名的可怕，想是到了二樓可以看見幾乎把整間店包下來的衣服。我已經開始眼花撩亂。

「我就不去了。」我對著已經衝進樓梯裡的兩人大喊。

「那妳就在樓下等我們喔！」

樓梯傳來小彌的聲音，然後是連續向上漸漸消失的腳步聲。

她們可真是活力充沛啊！

伸伸懶腰，發了大半個下午的傳單，我累得快散掉了。

正想著要看新借的小說殺一下時間，南廷學長拿著一籃蘋果從吧檯後面走出來，直接坐到我對面的位子上，不理會我的反應開始削起蘋果。

看他的架式就是知道他是特意出來陪我的。

我一看趕緊擺擺手，「沒關係，你去忙你的就好。不用陪我。」

他看了我一眼，「我在這裡會打擾妳嗎？」

「咦？」

他的眼神意味深長，帶著壞笑，乾脆撐著下巴盯著我看。

這、這是在調戲嗎？

「不鬧妳。整間店都給妳們包起來了，我也跟著去後面，讓妳自己顧店這樣有失主人情誼。」他又恢復原本溫柔大哥哥的笑臉。

我愣著。

我好像看到男版小彌，難怪澄希說不用擔心他們。我恍然大悟。

他又自顧自的削起蘋果，南廷學長本人比照片還好看一百倍。他專心低頭削著蘋果的姿勢也很好看，襯著輕快的音樂，他幾乎融於背景，帶著天生的文雅氣質。

他的存在，別於邵凡，他的舉止本身就很完美，優雅地引人屏氣凝神只為得一眼的停留，有他坐在對面，要做其他事也超級不容易的；心煩氣躁的翻了幾頁小說。

我刷地站起身，原本放在腿上的背包沒留神掉到地上，我灰僕僕地彎腰撿起來。

一抬頭，一顆削好的蘋果出現在我眼前。

「啊？」我往後退了一步，結果撞到椅腳。

南廷學長快了一步抓住我，「小心一點。」

我扶著椅子慢慢站起身，腳痛死了，「謝謝。」

他另一隻手還是平穩的握著蘋果，笑吟吟的開口，「吃吧！」

我低下眼，桌上還切好另外兩顆蘋果，盛裝在玻璃的盤子裡，美得像是不可觸犯的藝術品。

他一隻手還扶著我，而我還沒反應要去接蘋果，兩個人僵持著，我被他盯著臉頰一熱，趕緊抽開手。不料，一鬆手我便重心不穩的往後一跌。

我預想會摔的屁股裂成兩辦。

閉上眼。

向下墜落以前，我被有力地抓住。輕輕地被覽入熟悉得懷抱，熟悉的味道令我安心。

我仰頭，「你怎麼來了？」

他斂下眼，對我露出微笑，那一刻，剎那延長，延伸出一片浩瀚。

我想先前是我錯了，還是我的邵凡好看。比起南廷學長，他更適合在這裡，他來相襯這間店，幾乎是存在的理所當然，完全實現了所謂賞心悅目的條件需求。

邵凡看著南廷學長，眼神掀起一點波瀾，帶著不滿，「誰說你可以調戲我的女友？」

「我才不敢呢！不過阿凡你交女友一直很神秘，我今天總算見到了。」南廷學長一派輕鬆的靠著桌面。原來他們早就認識。

隨意挑了張大沙發，邵凡攬著我坐下。

南廷學長跑到後面泡了了一壺茶走過來，沏的是蘋果茶，甜甜的清甜香氣溢開。他不急不徐的在每個人前面都倒上一杯。配著剛切好裝盤的蘋果，說是場愛麗絲仙境般的下午茶也不過份。

「所以你要我從交流道一路違規飆車下來，是來看你和我女友吃蘋果？」邵凡挑起一邊眉，沒有碰茶杯一下。

兩個人都瞪著對方，夾在中間還挺尷尬的，我叉起一塊蘋果，塞到邵凡嘴裡。

「消消氣。」

也叉另一塊要塞到南廷學長手裡。他削了那麼久，也是辛苦。但邵凡攔著我，剛伸出手就僵著，我動也不是，不動也不是。

「妳自己也多吃一點。」邵凡替我接過叉子，他的嘴邊有蘋果的香氣，淡淡的清香。

我們挨得很近，越發覺得心跳。

對面，南廷學長忽然大笑，「阿太沒說錯，你這次真的是認真的。」

「那又如何？」邵凡嘴角微揚。

「我覺得太好了。」他看著我們，眼神帶著寬慰和誠懇。

「對你或是對我們都是。」南廷學長對著紹凡說。然後他拍拍衣服站起身，「好了，我去廚房看一下，餐點應該都好了。你都來了，就一起吃飯吧！」

我拉了拉紹凡的衣角，想問他南廷學長剛才那番話的意思。

「有機會再跟妳說。」

「嗯。」

「沒什麼事，只是我們以前發生的一些事。」邵凡低下頭看著我。

他的眼神太深邃，世界那樣廣闊，對上視線的那刻時間像是靜止不動。我和他坐在面向落地窗的那側，大把夕陽餘暉落在面前的家具上，沾在他的影子上。

盯著他發愣，連小彌和澄希下樓的時候，我都沒有察覺。南廷學長開玩笑乾脆吃飯後直接開車送我們去登記結婚。被一群人哄著，我倒也不記得食物如何，還有聽了什麼話。

只記得邵凡一直牽著我的手，直到送我回到家後才放開。

「晚安。」

輕點邵凡臉頰一下。

他的嘴角微揚，摸摸我的頭。等著我進門以後才開車離開。

拉開窗簾，隔著一扇窗，目送著他的車尾燈消失在巷口，剛好接口的路燈打開。沿接著漫天的星光點亮夜色，手放在胸口，一點心跳，一點溫度，第一次在紹凡離開後忽然感到失落。

「晚安。」

包裡的手機亮起提醒。

我一直以為永遠很長，可是其實永遠不長，掛在嘴邊的永遠保證的不過是剎那，剎那的永遠，其實很短。

Chapter 6
小王子

清晨下了場雨。早上起床的時候，窗台的盆栽積了一攤水。

赤著腳，我推開門，外頭天空依舊陰霾一片，看上去灰沉沉的，像是被煮滾的墨汁，看不見陽光。隨手撿起丟到門口的報紙，一起深夾在內層的廣告紙嘩啦嘩啦地散到地上，漫地花花綠綠的傳單，我只好又重新彎腰把散落的傳單整理塞回報紙中。

停放在巷口的汽車不曉得被什麼觸著警報器忽然大響，擾亂早晨的安寧，一台輕型機車呼嘯而過，我悄悄關上門。

「早安。」小木阿姨披著一件外套一頭亂髮站在玄關。

「早。」我把報紙遞給她。

她端著一杯熱牛奶，還帶著睡意，「要一起吃早餐嗎？」

我搖頭。小木阿姨昨天晚上凌晨才回到家，現在應該超累的。

「我到學校在買來吃，我出門了！」我笑了笑，「再回去睡一下吧！」

小木阿姨想了一下，打了呵欠，「那晚上再一起吃飯。」

「好啊！」

我拎著背包走出巷子。最近邵凡有事，因此我自己一個人上學。拉了拉外套，警報器響了一陣也筋疲力竭，可是還是沒人去關。梨樂家的透天厝就在巷子入口附近，前陣子他們搬回老家處理一些事，偌大的獨棟住宅顯得冷清，正想離開，我聽見宅子內傳出聲響。

停下腳步，不由地屏息。

大門在我眼前緩緩推行移動：一吋一吋，刮著地面發出咿呀的聲音。

我揉揉眼。

有一個人走出來。

一雙藍白拖鞋慢慢出現。

然後，樂樂穿著睡衣，出現在我眼前。

「是哪個沒公德心的警報器不會關一下！」她忿忿地開口。抬頭注意到我，她愣了一會。

「樂樂？」我開口。

「早啊！小未，是來找我弟的嗎？」看見是我，樂樂頓時眉開眼笑。

「不是找他的，我只是順路經過。」我連著擺頭，「不過，妳們不是回老家嗎？」

這幾天梨樂都是搭火車來上學，他們老家離學校遠，聽說都必須很早就起床，在學校看梨樂都一臉睡眠不足。

「昨天以前是，我們昨天晚上回來的。事情也差不多告一段落了，我和梨樂就先回來。」樂樂聳肩，一頭微捲長髮像波浪垂在胸前。

「我弟昨天比較晚睡，才剛起床。妳要不要進來等他？」

「可是我、」就說我不是專程來找梨樂的。

可是樂樂不知道我們的事，她以為我不好意思，於是擅自主張地拉我進屋。

最近一次到梨樂家是今年過年時的事，梨樂家人大方豪爽，每次拜年我也都能拿紅包，小木阿姨知道後，要我平常找些機會多請他們家小孩吃飯，總之我和梨樂家的親戚小孩關係一直都很好。一進門，我就發現玄關的擺飾有變異。原先茶色的門簾和一些浮誇亮麗的字畫都被取下，換上簡單的素色布製掛飾。

「怎麼變得那麼樸素，家裡還好嗎？」我叫住樂樂。

眼前清一色是白色或灰色單色系。

「梨樂的阿姨過世了，他沒跟妳說嗎？」樂樂詫異地開口。

我悶悶的搖頭。

「那是我們家的事，她沒有知道的必要。」梨樂突然出聲。

他站在客廳入口，看見我有點意外。

「幹嘛那麼見外！」樂樂不明事理，搭著我的肩，「不過那位阿姨妳不熟，是遠方親戚，妳應該沒見過。確實和妳沒有關係。」

「老實說，我們也沒和那位阿姨見過幾次面。」她又補充。

我抬頭，梨樂已經換好衣服，側背著背包，已經準備好要出門。

「姊，妳不要穿著睡衣跑來跑去，我跟妳說過多少次，要是有客人來多不雅觀！」

「小未又不是外人，我還和她一起泡過溫泉耶！」樂樂捏了一下我的臉，「對不對，下次我們再一起去洗溫泉，我有貴賓卡。」

「嗯。」我笑了笑，點頭回應。眼角瞄了一下梨樂，他看起來不太開心。

樂樂也察覺到不對，「怎麼了？吵架了？」

「啊沒有！只是、」

「只是什麼？」樂樂好奇地看著我。

正想開口，梨樂向前拉住我的手，「再不走我們要遲到了。」

他扯著我的手逕自往門口走去。

「不是才六點半嗎？」樂樂在背後大喊。

「今天校慶，要去學校佈置！」

「要我載你們去嗎？」樂樂跟著到玄關，揚揚手上的鑰匙。

「不用。」梨樂很乾脆的拒絕。

「好吧。要記得吃早餐啊！待會學校見！」

「嗯，學校見。」

啪一聲梨樂闔上大門，門後傳來樂樂踩著拖鞋回頭的聲音。

梨樂鬆開手，瞇著眼睛看著我，「怎麼，又想和我一起上學？」

搖搖頭。

「只是剛才剛好遇見樂樂。」

「也是。」他酸溜溜地看著我。

「別這樣！如果你不介意，我和邵……」

梨樂忽然摀住我的嘴巴，下巴指了一下大門，眼神意思我繼續往前走。走了一段路，他才點頭表示我可以開口。

「妳幹嘛？不想讓樂樂知道我已經有男朋友的事？」

我知道樂樂一直希望我能和梨樂在一起，可是現在我和邵凡已經在一起，總該讓她知道一下，不然她一廂情願也不好。

「再一陣子。妳和邵凡的事先不要讓我姊知道。」他皺眉，沒聽出我語中帶話的涵義。

「我知道了。」

走了幾步，他又停下，「簡未雨。」

「怎麼了？」

「我還沒放棄。」他嘆氣。

他向我靠進一步，我後退，「咦？」

步步逼近。

我跟著後退。

「至少現在，我不會無理取鬧，我不會和他爭。但是，若是有一天我知道他讓妳受到任何一點傷害，我會毫不猶豫的把妳從他身邊帶走。」

我想應幾句話，目光停在他的臉上，我驚聲：「誒！你的傷都好的差不多了耶！」

端詳他的臉，傷口復原得很好。紗布都拆了，嘴角的瘀傷也淡去很多。

他沉默。

「只剩嘴角，你等我一下。」

我低身翻找了一下背包，拿出遮瑕膏，擠了一點在手上，往他的臉上擦上。

前陣子小江嫌我臉上黑眼圈太重，給了我一條他平時在用的遮瑕膏。我平時沒有化妝的習慣，偶爾想到才會用上，剛好今天早上想說帶著，沒想到就用上。

「這樣好多了！」

我把遮瑕膏塞到他手裡，「傷完全好以前，就先用這個遮一下。」

他被我盯得極其不自然，彆扭地開口，「謝謝。」

「不會啦！不過我看你的膚色偏白一點，要是覺得塗上去不太習慣，我可以陪你去買其他顏色的。」我勾著他的肩。

頭一次和男人逛化妝品，想來就令人興奮！我握起拳頭。

梨樂看著我，臉上總算難得一現柔情，許久不見一如初見。

「聽著。」

「嗯？」

「妳必須要先放棄過去，如此才能幸福。」他忽然認真，卻是毫無關聯的話題。

「找到哥哥和學長有什麼關聯？」我明白他意思。

「妳想想，學長會希望自己的女朋友跟著自己卻暗中調查另一個男人嗎？」

「哥哥才不是另一個男人，哥哥是哥哥。」

是曾經的家人，雖然我和哥哥沒有血緣關係，但要是認真回想的話，作為一個兄長，對於身為妹妹的我，他疼愛有加。於情理上，他是好哥哥；雖然放在事實之後，我還無法原諒。

「話先說在前，我是永遠不祝福你們。」

「我知道。」

「不應該相愛的兩個人，即便命中注定碰在一起，那不會是愛情，那只能說是命運。」

「我會證明的，我和他之間是美好的相遇。」

聽完我的話，梨樂並未表示什麼，只是笑了笑，那種笑容分明藏著什麼秘密，但他什麼話都沒說。

被隱瞞的感覺很討厭，但梨樂不說一定有他的理由。

「所以說，小樂啊，你也快點找一個心儀的對象吧，我說，其實班上很多女孩子都很不錯。」我故作笑顏。

「別說了。」

「好，我不說。」

是我的一廂情願也好，也只有梨樂能真正幸福的那天，我才能或多或少從罪惡感裡解除。

等我們到達教室時，裏頭已經被布置成一個休息區和製作區，澄希圍著圍裙匆匆拉著我到班級攤位去幫忙。今年班上賣的是可麗餅，我和澄希都是負責販售部分。

正式販售是九點，八點多就已經開始有人潮，等九點一到，現場的人都已經忙翻，我本來想說叫賣是最輕鬆的差事，沒想到一站就站了兩個多小時，我差點沒累癱。

我錯了。這、和發傳單比，傳單是天堂啊！

還好班級是採輪班制的，否則站一整天我的腳一定腫到不行。澄希倒不介意，直笑我體力太差。殊不知道，她平時有在運動，這點苦根本不算什麼！

終於到了十一點多換班，我和澄希得了空能休息並到處亂逛。

「天是黑了點，還好沒真的下雨。」澄希慶幸著。

我揉揉痠痛的小腿，聽見她的話跟著仰頭。天還是黑的，與早上相比，太陽完全升起後，多了一點不透光的壓迫感。校慶的校園像是炸開一鍋亂跳的米花。穿梭在人群中隨時能捕捉幾個熟面孔，一晃眼又不見蹤影。看得我暈頭轉向的。

「妳男朋友呢？」澄希捏著藍色棉花糖，含糊的開口。

她一張小臉幾乎埋進糖絲裡。

「我不是說過嗎？圖書館有一場展覽，他去幫忙。」

不能夠和邵凡一起逛是有點可惜。

「真好，妳一整天我全包。」澄希哈哈大笑。

頗無奈地回應一笑。

「我想喝咖啡。」慢條斯理的的吃完棉花糖，澄希擦擦手大聲宣布。

「校慶喝什麼咖啡？」

「妳不懂，喝咖啡熱量比較低。」

「妳又沒很胖，在意什麼體重。」我捏了捏她的臉，「再說，妳又不愛喝。說吧！到底安了什麼心機！」

最重要的是，校慶賣咖啡的攤子頗少的，幾乎可以說是沒有。

「我還能安什麼心。不就是去看帥哥，難得妳男朋友不在，我們去保養一下眼睛。」澄希理直氣壯的勾起我的手。

一路被拖著走到她口中的流動咖啡車。硬要形容出哪裡不一樣，就是咖啡車前的排隊隊伍未免也太長了。看那架勢，我都不想靠近了。要不是被人死死拽著，我早想溜走了。

看著還不斷聚集的人群，我心死的看著澄希，「一定要喝嗎？」

「要。」她信誓旦旦的答道。

「請給我冰美式咖啡，加半包糖。」我摀著眼睛。

不過不能看帥哥，確實是可惜了點。但是我一向不喜歡和人群擠，恐怕我終於擠到了前頭，我都暈的什麼都不想看了，這樣多吃虧！

「那好吧！我幫妳買，妳去旁邊休息。」

「先謝謝妳了！」我感到驚喜。

「別忘了待會小彌會來，別亂跑！我們還要去找她！」

我隨便應聲，一蹦一蹦的跑到旁邊的步道，往花樸磚台邊坐下。四周人多是吵雜的那樣壯烈，隻身一人，我卻深刻地感到寂靜，世界之大，我太不起眼，因此得安寧。

才想著要放空休息，口袋的手機巧合的震動了一下。

我說不上來。

伸出手的瞬間，忽然有很強烈的不安。說不定命運早已說定在碰觸的瞬間，一切的美好寧靜會萬劫不復。

看過簡訊後，我抬頭想和澄希說一聲再走。無奈人海茫茫，我心頭一片亂如麻，我竟沒找到她熟悉的身影。傳了訊息後，便匆匆的離開。

傳簡訊的號碼我沒見過，可我直覺那不是詐騙，只是不想被人知道身分，才刻意那麼做。

逆著人流，周遭的行人移動步伐像是被放慢了好幾倍，擋著我無法順利的前進。

簡訊內容很簡單，甚至可以說是簡單的可怕。

那是一串數字和幾個字母。最可怕的是，儘管我未曾見過那串訊息，但我知道其中的含意：那是書碼。

搭了電梯到了圖書館六樓時。澄希打了電話，問了我還好嗎？

「還可以。只是來找本書，很快的。」我站在樓梯口。

牆上有一整面玻璃窗，透著外頭世界，朦朦朧朧，事實上，此刻我唯一的想法就是離開這裡。

「妳說是收到簡訊，就去找書。也太不恰當了吧？不對！根本不合理！」澄希的聲音混著背景斷斷續續的。

「就圖個安心。我看一下，沒事就回去了。」

伸手貼著窗面，試圖壓住天空一角，漫著烏雲的天空又豈是一手便能遮去，抽開手，起風了，烏雲卻沒有散去。

「那好吧！待會見！」

「待會見。」

澄希的話也有幾分道理。稍微冷靜後，對於魯莽上來還真有幾分後悔。

還是糊塗一點好，或是隨手刪了簡訊或裝做什麼都沒看到都好。然而，本能的還是想循著號碼找到書碼的位置。

就那一句話，為了安心。

以前曾幫小江整理和歸位過書籍，所以我對書碼和分類區域很熟。一串明確的數字要找到，並不是困難，只要書沒有被借走或是被擺錯位子。

簡訊指示的是一本淺褐色書背的書，夾在兩邊其他棕色系的書籍中很不明顯。書名是《論大唐歷史》。

唐朝歷史？

抱持著困惑，我伸出手欲取出書籍。

指尖拂過書脊的瞬間，另一隻手出現同時也碰到書衣，略略擦過我的肌膚。

我抬頭，不免一怔。

是邵凡。

他對上我的視線，帶著意外。我和他各伸出一隻手，還停在書上。

「妳怎麼會在這裡？」邵凡很快回過神，挑起一邊眉看著我。

我才想問呢！

邵凡瞇著眼睛，氣氛略沉了一點。

我忽然覺得自己好像是做了錯事當場被抓包的小偷，可是我只是來借書啊！氣氛怎麼搞得好像什麼諜報片片場。

「我來、借書！對，借書！」沒由來的一慌，一急有點結巴了起來。

他頓了一下，笑出聲。兩隻手勾住書脊，幫我抽出書。

「我也是來借書。這麼緊張幹嘛？」

對啊！我幹嘛緊張！

我理直氣壯地開口：「還不是你忽然出現還用很嚴肅的語氣問話！」

邵凡伸出手貼著我的額頭幫我拭去汗水，才不過幾秒我居然已經冷汗涔涔。

「我也是被妳嚇到。剛才忽然有同學催著我一定要來幫忙借本書，他的反應好像晚來了就借不到了，所以我就趕過來啦。」邵凡意味深長地看著我。

「我也是……受人之託。」在開口兩秒後改變主意不提簡訊的事。

依邵凡的個性，要是知道簡訊的事，免不了要問東問西。

「這樣啊！那還真有緣，居然都是同一本書。」他信了，沒有多問。看了看手上的書，然後放到我手上。

「你要給我？」我驚呼。

他抬起眉，眼神也帶著幾分驚訝，「不然呢？妳不是說別人托的嗎？我再跟同學講就好了。再說要是他很急，唐代歷史又不是只有這本書。」

「這樣好嗎？」我舉著書想推還。

要是對方真的很急需這本，我不就是誤了他的事？

和我幾番推扯著書，一個手滑，沒有接到書。書從我們倆手中直直落下，書衣向下貼著地面，好幾頁也被折彎。

我蹲下身要撿起書，拾起書的瞬間夾在書裡頭的一張紙條飄然掉出。

白色日光燈下，重疊著我和邵凡的影子，匯聚在紙條上，形成深淺不一的陰影。

邵凡俯下身撿起紙條。

一抬頭，他臉色如白紙。捏著的動作還有些顫抖。

我伸手接過紙條。

原來所謂紙條其實是報紙的一角。

我飛快地看著這節報紙。

「怎麼會……」確認內容後，心頭一涼，我低聲道。

上頭的新聞我認得。太眼熟了，即便遮蓋住上頭文字，我也能倒背如流，因為那是十年前命案的某一報社新聞。

可是為什麼會夾在這本書裡？

我戰戰兢兢地翻到書背，上頭貼的標籤顯示這本書是今年訂購的。

這不合理啊？這都是十年前的報紙了。是誰這麼有興致在玩剪貼，還貼到了一本歷史傳記裡？

邵凡眉頭緊蹙，抿著嘴，沉默地盯著我。我腿一軟終究還是站不住，他抓住我的手臂，將我輕輕的攬入懷裡。

眼前的地板忽然崎嶇不平，書櫃是扭曲成不規則狀態。我閉上眼，試圖緩下暈眩的症狀。

邵凡的表情很凝重，我仰頭，他看著我，眼神帶著憂慮若有似無，看久了還有一分空靈。

「對不起。」我避開他的關心。

丟下書，頭也不回的跑出去。

與抱著一疊書的女學生撞個正著，把對方的書都灑了一地，「不好意思。」我無力地開口。

顧不得那麼多，掩著臉就衝出去，大力的按著電梯，我不想邵凡追出來。電梯一開，我快速進入。最後電梯門闔上的那幕，邵凡趕上來幫女學生撿書恰好抬起頭直直對上我。

那個表情，我是一輩子也難忘。

我時常在想。人生在世，那麼的寂寥。究竟是憑藉著什麼而活著？即使找到了能夠一輩子終老的伴侶，也難逃一個「離」字。

只可惜世界那麼大，人生那麼長，這個答案終歸是無解。

走回班上，四周喧鬧，人群奔跑，喧騰亂成一片，我充耳不聞，徹底失神。

只是一張報紙，我卻感到窒息般的難受。

我已經記不清十年前的那晚究竟到底發生了什麼事，我所得到的資訊都是從別人口中得來的，正因為如此，我才痛苦不已，我想知道那一晚的真相。我想找到我哥哥。我想要的只是一個安心。

回過神，梨樂蹲在我面前。

他一臉淡然，像是用盡全力想要讓自己看起來一點也不在意。眼神卻是藏不住憂慮。

「還好嗎？」

我倏然起身，沒由來地生氣，我討厭自己，更討厭他那樣。時而疏離時而親近。

「我沒事。」我背過身。

教室空蕩蕩的，只有我和他兩人。可以說是空蕩的可怕。

「妳說謊。」梨樂抓住我的肩膀硬是把我踐向他。

我大力甩開他的手，「拜託你走開好不好！我真的不知道該怎麼辦了？你為什麼要一直糾纏不清？」

梨樂睜大眼睛看著我。

「我現在不想看到你。」

閉上眼，兩行淚滑過臉頰，延著下巴沾濕衣領。

我聽見他的腳步聲慢慢消失在背後，我沒有轉頭確認他是否離開，忽然全身的力氣像是被抽空，天旋地轉，我扶著椅背勉強站著。

我只是想，也許有一天我能忘記十年前的事，好好的活著看看。

可是要怎麼忘記？也許小木阿姨懂，所以她即使可以推託那些長時間的出差和長途的會議，她也寧可離家在外，為了減少和我見面的機會。

因為我只要看到她就會想到我的母親。

小木阿姨曾經問過我要不要轉到遠一點的地方，住宿念書，但是我婉拒了。

我錯以為我夠勇敢了，可以堅強的面對過去，可以無所謂的看著梨樂，但其實我不能，每一次看見梨樂，面具就加深一點，漸漸的我以為我勇敢，但只是我以為。

這幾年我瞞著身邊的人努力追查哥哥的下落，其實在幾個月前終於得到一個重大的線索，我從當年負責案件的律師口中拿到案發後收養哥哥那家人的聯絡方式。但我卻一直擱著，每天晚上拿起電話又放下，遲遲不願意打電話。

我根本還沒有準備好面對十年前的傷痛，從來沒有。

不知道過了多久，重新睜開眼，澄希出現在我面前。

「未雨。」她張開手擁抱我。

澄希身上有一股淡淡的香味，聞起來令人心安。

她抱了我一陣，然後拉著我起來。我才發現小彌和南廷學長也來了。等我們的時候，他們正對著教室後頭的佈告欄你一言我一語的品頭論足著。

也不知道他們來多久。

「不好意思。」我擦擦眼淚。

「沒事了。」小彌也走過來拍拍我的背安慰我。

南廷學長把手上的一整盒杯子蛋糕放到我手上，「吃點東西會比較好，這是我做的。」

「我雖然不知道發生什麼事了，等妳想說的時候再告訴我。」澄希牽著我的手。

「嗯。」眼眶一熱，又想哭。

「好啦！別哭，哭了就不好看。」澄希搔搔頭，她最不會安慰人。

看著她不知所措的慌張，我破涕為笑。

「把蛋糕吃了，還有咖啡！」澄希說，最後咖啡兩個字還特別強調。

南廷學長幫我打開盒子，裡面是童話系列的杯子蛋糕，看起來製作相當費心。

「謝謝。」

咖啡的味道已經淡了。

我瞥向窗外，先是看見雨絲，然後是雨滴凝結在窗面上，直到大雨開始，傾盆落下。

打著傘，澄希和小彌還是硬拉著我上街逛街。雨勢紛飛，一陣又一陣，大街上一片冷寂，然而大道上卻是壅塞的車流，直塞到交流道上。

「現在搭車一定要等很久，再說雨天街上的人也少，逛街剛好。」小彌一臉老生常談。

還逛？一整天校慶逛不夠嗎？

無奈人身在外，不得由己。還愣著的時候，我已經被兩人拖著轉了好幾間店。被逼著試了好幾件衣服，我拿不出興致，也沒怎麼在意到底是了什麼。聽著小彌的稱讚，我就掏出小木阿姨給我的信用卡。才拿出錢包，就被小彌敲一記額頭。

「妳到底有沒有在看，我亂說妳就買？」她語帶很深的無可奈何。

我不解地望向鏡子。

我啊了一聲，隨即會意過來。

鏡中的人蒼白著一張臉，隨意綁起的馬尾有幾蹴髮絲散落，套著一件太大號的白色襯衫。我摸摸吊牌，是XL。

「我是穿M的。」我登時尷尬的開口。

小彌重重嘆氣，伸手接回襯衫。

「既然你那麼無心買衣服，那我們別逛了，去吃點東西吧。」

我扯住小彌的袖口，「再逛一會吧！」

不想辜負她們的一番好意。

要割捨掉一段感情不容易，再不容易，想好好地活著也只能努力。

拍拍臉頰，經這一下，總算回魂，我翻看架上最新款的服飾。

「這邊是男裝。」小彌語氣輕描淡寫，臉上滑過一行冷汗。

「我知道。」

「嗯。」小彌無言地看著我，一秒後開口，「我明白了，這是策略。」

「妳想穿男衣讓自己看起來更性感。」

我臉一熱，「才不是呢！」

在兩人熱切地注視下，我開口，「買給邵凡的。」

我翻了翻一下眼前的一排外套。實在沒什麼幫男孩子買衣服的經驗，還好旁邊的店員見狀走了過來幫忙介紹。

澄希和小彌也給了不少建議。最後在眾人一致附議下買了一件深藍色外套。結帳後，我寫了地址讓店員幫我把外套打包寄去邵凡家。

小彌看了我留在裡面的字條，吃吃的看著我笑。

「要不要連先前那件白襯衫也買了？」小彌開玩笑地開口。

「妳付錢我把所有的衣服都買。」

店員又拉著我們介紹最新一季的新款。我聽得無趣，趁著小彌去試衣服，悄然的離開服裝店。再說，前一陣子我和小木阿姨難得都有時間，一起到百貨公司買了不少新衣服，很多都還沒拆呢！

外頭的大雨已經停了，天空還是昏昏暗暗的，街上囤積著小水窪倒映著天空，連著四周都跟著黯淡起來。

打開手機，才發現半小時小木阿姨傳了一封簡訊。

『臨時被找去開會。晚上不會回去，改天再一起吃飯。』

簡訊結尾還連著一個抱歉的表情符號。

小彌叫了計程車，一起坐車回去。離我的住處比較近，下了車後，小彌和澄希都下車看著我走進巷口後，才上車離開。

回到家後，我撥了電話給邵凡，想起上午的事，電話沒響兩聲，我又切斷。握著手機，我躺在沙發上，心頭湧上一股辛酸。原來熱戀中的情人，等待是這樣的難熬。

想著想著，我靠著扶手睡著了。

再次醒來，是被手機震動吵起。我一向是淺眠的人，打開手機，卻發現對方已經撥了好幾通來了。

「妳在哪裡？」

「我買了衣服。」帶著睡意，一開口就發現我說錯話了，趕緊又更正，「我在家。」

良久那頭才又傳來聲音，「那我過去找妳。」

「邵凡？」

「怎麼了？」

也許是訊號不好，他的聲音悶悶的，還夾雜著斷斷續續的訊號聲。我查看螢幕，訊號是滿格。

「沒什麼事。」我笑了笑，「我等你。」

你還好嗎？

「待會見。」他的話裡還有話，心事重重，但他沒有接著說話。

我聽見了一聲很輕的嘆息，若有似無，然後斷訊。

看著手機出神，畫面停留在最後通話人。室內一片寂靜，只剩方才的通話無聲的迴盪在腦海中。

記得早上出門的時候，客廳一片凌亂，我習慣看完一本書就留在最後閱讀的地方，以至於走到哪裡都可以看到一本一本打開或是闔起的書籍，但現在看不見任何書影，書都被歸位到書櫃裡，看來小木阿姨再出門以前整理過了。

換下制服，簡單梳洗後。我重新拿起背包離開到門外等邵凡。大概打完兩局殺時間用的手機遊戲，刺眼的白光打亮巷口，我抬起頭，是車燈，邵凡剛好停妥車。

「這個時間，吃飯了嗎？」邵凡搖下車窗。一如既往的溫和微笑。

搖頭。

一整天下來，除了南廷學長的那幾個蛋糕外我沒怎麼吃東西，靜下來以後，忽然感受到強烈的飢餓感。

「上車吧！我載妳去吃飯。」

「不好。」

「不是肚子餓？」邵凡困惑地開口。

「我們去超市。」我咬著下唇。

他莞爾，「好。」

迅速將車熄火，抓著外套下車。

「走吧。」他俯下身，很自然地挽起我的手。

他還穿著今天早上時看見時那套黑色襯衫和黑長褲，在夜晚看起來，幾乎融在黑暗裡。

「等我一下。」我快速跑回屋內。抓了一件外衣衝了出來。

邵凡握了握我交到他手上的白色外套，不解的看著我，「這是什麼？」

我一手拿走他原先的那件卡其色外套，「你一身深色走在路上都要被當成可疑人士了！先穿我這件吧！當初買是中性款式，不小心買太大了，你就拿去穿吧！」

邵凡的表情滯了一秒，開口想拒絕。

「不然就先借你。好啦！再晚超市就要關門了！」我把他的外套塞到背包裡不讓他有機會拿回。

邵凡拗不過我，終於還是穿上外套。

那件外套我只穿過一次，當時上課急需一件白色外套，明知size不對，還是硬著頭皮買下店裡唯一一件，尺寸不合，課程結束以後我就沒再穿過了。

邵凡的手很大，牽著他的手，很溫暖。

超市在巷口外五分鐘的距離，九點半就打烊了。不快不慢的和邵凡散步過去剛好九點，走進超市內，店員都開始清點整理。

邵凡推來了一輛推車，向我走近，「今天想吃什麼？」

我想了一下，朝蔬食區指去，「吃火鍋吧。」

跟在邵凡身邊逛過一區又一區的百貨食品，聽見點餐後，他心裡已經有個底，不時他停下來往籃子裡丟下新的東西。

「你不是喜歡吃青椒嗎？」看著邵凡從一排青椒面前走過去，我拉住他。

抓了一包青椒後，還順便拿了旁邊一盒番茄。

邵凡拾起我放進推車的青椒丟回青椒堆，「我吃過晚餐了。是煮給妳吃的，妳又不喜歡吃，幹嘛買？」

他的聲音有淡淡的笑意。我揉揉鼻子，不好意思的說，「對，我超討厭青椒的。」

要是真的買了，邵凡也沒辦法全部吃完，挺浪費的。

我不喜歡吃青椒。

可是，邵凡怎麼知道的？

我不喜歡讓人發現我有挑食的習慣，所以在人前都不會點我不喜歡吃的菜，就算有也會扯著吃不下等藉口混過去，可是青椒我從來沒有在邵凡面前吃過。

「要買豆漿嗎？」邵凡沒有察覺異樣，出聲詢問。

我慌亂的抬起眼，錯愕地點頭。「好。」

「怎麼忽然緊張起來？」

「只是忽然想，再不快一點，超市要打烊了。」我隨口扯了句。

「那再買盒蛋，我們回去。」還好邵凡沒有起疑。

初夏之夜，玻璃門外，商店燈光暗了一半，店員把外頭的商品堆積收回倉庫，順手熄了一大半的電燈，很快，只剩收營區的光線還是通明，大把光線下。我遞出會員卡，手不由地顫抖一下，我伸出左手扶了一下右手，忍不住長長舒一口氣。遠端超商經理出來提醒顧客打烊時間。

邵凡瞇著眼看了一下牆上時鐘，「還好沒有超過時間。」他笑。

若是這真有奇蹟，我只消這刻停留就好。

也許，是我太貪婪。

曾經度過的無數美好，我都想保留，所以提早夢醒的時刻。

邵凡體貼的提著購物袋，外頭有些小雨，我們都沒帶傘，乾脆就徐徐淋著雨回去。趁著我去換衣服，他親自下廚，等我洗好衣服，拿著毛巾出來，餐桌已經擺好可以開飯了。

「你真好。」我撒嬌的看著他。

邵凡一邊解圍裙一邊走出廚房。「快吃吧！」

「等等。」我飛快地跑進廚房，打開冰箱，探頭進去端了一盒子出來。

「我承認我沒有下廚天分，我前幾個禮拜拜託小彌和南廷學長教我做了蛋糕捲。你吃吃看。」我洋洋得意地抬起頭。

盒子打開，是有點扁塌的蛋糕捲，我用掉了一整包可可粉。

邵凡拿起手機拍了下來，連同我一起入鏡。「不行啦！我穿著睡衣！」我抗議。

他快一步藏起手機，然後接住撲向他的我，「快吃妳的飯。冷了不好吃。」

被邵凡推到餐桌旁。老實說真的餓了，也沒心思和他吵，我端起碗，一人份的小火鍋很快就被吃完，邵凡的廚藝好的沒話說。

這下糟糕了，以後去外面，外面的火鍋都不能吃！

「女孩子吃飯要有氣質。」邵凡拿起紙巾叨念著。

我順勢撐起半身在他臉上留下一吻。「這是酬勞。」

把叉子塞到他的手裡，「換你吃吃看蛋糕。」

邵凡在我熱切地注視下切下一塊蛋糕。

「如何？」

「妳、」話沒講完，他先喝了一大口水。

「妳是不是又把鹽當砂糖加了。」

「咦？」我伸出手想試味，但他快一步把蛋糕吃掉。

邵凡嘴角微揚，「看來妳還需要特訓。不過這是妳第一次做給我。」

他攬著我的腰也在我臉上輕輕一吻，「合格。」

回到家後，我播放音樂，是上個月買的新ＣＤ。邵凡抱著我的腰轉了好幾圈，在鋼琴聲下，迷茫的視線變得不真實，家具都添上一層水藍色調。

簡單收了碗盤後，房裡已空無一人，我在陽台找到邵凡。

我捧著馬克杯赤著腳挨近他身邊。

「在想什麼？」

「我們一起做過的事。」

「比方說？」

「我們不期而遇超過三次以上，一起算數學，一起看鬼片。」

「算數學不算吧。」

「妳聽過六度分隔理論嗎？」

「聽過。」

世界上，互不相識的兩人，其實只需要很少的人就能和對方建立起連繫。

「我說萬一，我們好早就認識了呢？」

「為什麼會這麼認為？」

「只是最近忽然有這種想法。」

如果這世界上真的存在那個萬分之一的萬一，我們相識在相遇之前，那我還會認不出來嗎？

邵凡朝我伸手，攬住我的肩，「妳知道嗎？」

「什麼？」邵凡的懷抱很溫暖，逐漸安心下，我打了個呵欠。

「萬一有一天，我的存在對妳來說是一種傷害，不要原諒我。」

聽見邵凡的話，我仰頭，他看著我，但是眼裡卻沒有我。

他的手機在口袋同時震動一下。但他沒有理會，抱著我，淡淡地笑著，在與我眼神交會的瞬間，我看見他下意識避開。

一個人若是藏了太多秘密，會養成一種習慣

我們都有一段無法割捨的過去，決然的擺脫的那天，我們捨棄的其實是彼此。

人與人之間究竟是透過著什麼而聯繫著？只可惜，人與人之間存在著太多細微的差異，好不容易建立起的感情，終究還是功虧於那一秒的瞬息萬變。

校慶結束以後，沒幾個禮拜接著就是三年級最後的期末考。當初行事曆排出來以後，所有的學生都在抱怨，設計出這份時程的老師一定良心被狗咬。兩個禮拜後就是期末考，中間還有許多大大小小期末報告、社團期末等，剛忙完校慶就直掉入地獄，當時還未發覺，現在我也徹底認同，當時排定的人定是良心泯滅。

在水深火熱的期末考，我和澄希抱著不過對不起自己的必死決心在圖書館自修室裡苦讀三天三夜。好不容易捱到了考試第一天結束，一出考場，我就感到不對勁。

很快，我就認命接受這個晴天霹靂的事實。

我感冒了！

頭幾天考試只考兩節，剩下大半天。帶了一串衛生紙和熱湯，澄希就跑到我家在床邊陪我唸書。

「這次流感聽說很嚴重，還是去看個醫生。」

澄希看著我喝湯，臉上浮現擔憂。

「前天有看了。可是吃藥會讓我的思考變很緩慢，所以我想考完再吃。」

我扶了扶臉上的眼鏡，視線慢慢清晰，看了幾行字又模糊一片。在大考的時候感冒真的超倒楣的。

「這樣不太好吧！」

「沒事。我的身體我自己清楚。」忍著想咳嗽的衝動，我心虛一笑。

「妳有和邵凡學長說嗎？」澄希蹙眉。

搖頭。

澄希的眉頭又更深。

「還是說一聲比較好吧？」

「他現在也在忙期末考和報告，聽小江說他還熬夜，一天一夜都沒睡，暫時不要吵人家。」我拍拍旁邊的枕頭，「睡一覺就沒事了。」

等到天漸暗，澄希幫我簡單料理了晚餐後才離開。臨走前，嘮叨著要我吃完飯後趕緊洗澡上床睡覺。

可隔天考的科目盡是法律化學等，全都是我不擅長的科目。

能夠早睡才怪。

要是一早醒來發現感冒全好了多好。

硬撐著還是熬過了期末考最後一天。最後一科驚險的壓秒作答完。鐘聲一響，整間教室、整個校園頓時炸開，亂哄哄一片。好不容易考完，我已經精疲力盡了。

筆試寫到最後一大題，我根本是在和意志力拔河。

我趴在座位上，抓著桌角，教室的人都散光了，連梨樂也不知去向。

乾脆直接在這裡睡覺算了。

木頭桌面涼涼的，側面趴著，頭痛舒緩一些。過了一會，我抬起眼，澄希幫我收拾好書包站在我旁邊。

「還可以嗎？」她的眉頭皺地都凹陷成一個深洞。

「我覺得快掛了。」

喉嚨像火在燒，看出去的世界像是隔了一層紅光。還好我有帶藥在身上。「幫我拿藥吧。」

澄希順著我手指的方向拿出一包藥。

「不行啦！這是妳考前拿的藥，那時候妳還只是輕微感冒，現在都變成這樣。走，我帶妳去看醫生。」她看著上面的標籤，伸出來的手又縮回。

澄希摸摸我的額頭，臉色一變。她嘖了一聲，「都燒成這樣妳還能考試。」

說完，她奮力拉著我起來。

我渾身無力的在澄希的牽引下，踏著無力的步伐。

「不是這邊，是左邊。」

「小心階梯。」

「我們要去哪裡？」

「跟我走就好。」

我早已不知天南地北，勉強辨認出圖書館前的花台，我趕緊停下。

澄希拉了幾下發現拉不動也跟著停住。

「怎麼了？」

「我和邵凡考完試約在圖書館前面見面。」

「啊？」澄希面露詫異。「妳打個電話跟他說一下不就好了嗎？」

「不行。邵凡今天好像沒帶手機。」

「不然妳打給小江或是他同學呢？」

「妳忘了，我手機送修剛拿回來，聯絡人資料忘了備份全沒了。」我無力的吐吐舌頭。

澄希頭也跟著疼了起來，她按了按太陽穴，「好吧！我陪妳在這裡等。」

她陪著我站到了花台邊的大片陰影處下，各自剛把肩上的書包卸下，澄希放在口袋的手機驟響，女歌手才剛唱兩個字，澄希就手快接起來。

她通話的時間很長，大部分的時間都是對方在說，我只聽到她偶爾應答幾聲。

我踢踢地上的泥石。

片刻後我被澄希的樣子嚇著，才不過一通電話，她的臉色慘白的跟什麼似的。

「我要回家一趟。」

看她的表情，我也不敢問出了什麼事。

「那妳趕緊回去吧！」被她的反應弄得我也很緊張。

她小聲說了聲抱歉，就急急地往後門跑去。

我還舉著手，良久沒有回神的呆站在原地。

看著她匆匆離去的背影，這是我頭一次看見澄希如此失常。

我說不上來。

即便是擁抱這片刻傾世的滄涼，也未必能夠改變了什麼。太多出奇不意，太多意外穿插著，我們甚至無法憑藉著預測而走。某些時刻，只是一種靈感，一種靈光乍現，便延續到了現在。

前幾日和邵凡互相確認過彼此的考試時間，扣掉他要整理和走路的時間，這個時候邵凡應該要出現了。

難道是和我錯過？

順著陰影走到圖書館和大樓之間的一處陰涼，打算在四周找人。

走到一半，轉角的後面傳來梨樂的聲音。

「你到底要瞞著她到什麼時候？」

聽他的語氣好像在和別人吵架。

他忘了上回受傷的事了嗎？我走進彎道。

才想開口，看見和對方我倒吸一口氣。原先想說的話全忘光。

和梨樂對峙的人是邵凡。

「現在還不是時候。」

他臉上的表情陰晴不定。

「你前幾個星期就知道了，你怎麼還有臉裝作沒事樣出現在她身旁。」

兩個人都是側面對著我。梨樂一隻手抓住邵凡的衣領。即使隔著一段距離，也能感受得出兩人爭執激烈。

我向前想阻止兩人繼續爭吵。

「我並沒有想隱瞞。只是有些事，不是想輕易說出口就能夠輕易地開口。」

「不，你可以的，你只是不想。」

梨樂整個人盛怒，這種距離也能看見他的手臂浮出青筋。

邵凡沒有動靜。

「你知道嗎。如果換了一個名字，就能換了一個人，那是萬幸；可是現實即便是改名易姓，終究換不了人心。」

「不管我做什麼或是說什麼，你都不會信我。」邵凡難得激動。

「所以，你從一開始就不應該答應她。」

「那張報紙是你放的吧？」

「如果我說是又怎樣。」

「你早就知道我就是樊言不是嗎？」

樊言？

邵凡剛剛說了什麼？

腦袋一片空白。

世界在一剎那變得狹隘，建築物天空行人，所有的背景全部都消失，只剩下眼前唯一的兩個人的話無限放大。

內心亂成一片。

我想逃離現場，但來不及了，梨樂聽到腳步聲，轉頭查看，然後他看見我，張開口的動作凝結在一秒之中，邵凡同時轉頭過來。兩人都呆住了。

腳步不穩，冷汗涔涔，光是呼吸就覺得很困難，腳步不穩，我艱難地往後退。

原來，我一直在心裡掛念著，盼著的人就在眼前。哥哥真的一直都在，只是我從未想過，我和他的距離會如此接近，近的聯往前走幾步都不用，因為他就在我身邊。

這一次，我竟然渴望著自己的直覺是錯的。

遠在天邊近在眼前。這句話說得不錯，可是好痛，踏踏實實地體會一遍，是如此的心痛。

「未雨！」梨樂的聲音沙啞。

我壓著胸口，有點恍惚，「你們剛說了什麼？」

「我……」

「不要說了。我不想聽。」我捂住耳朵。

不想看到任何人。

其實我很明白，現在這件事不是誰的錯，然而，人在恐懼時不會想那麼多。

撒腿就想逃。

原先平穩的呼吸開始急促起來，我又後退幾步，最後乾脆掉頭小跑步起來。跑沒幾步，眼前的世界漸漸不清楚。胡亂地抹著旁邊的牆壁，軟綿綿地往前。

背後傳來腳步聲。我咬著牙跨出一步，卻踩空。然後，眼前一黑。

我掉入一片黑暗。

「未雨！」

朦朧中，我聽見兩個怒吼的聲音。

哪個是誰？哪個又是誰？可惜還沒得及分出來，我已失去意識。

Chapter 7

童話式

總有一天，我們會忘記自己為什麼而堅強。

那天昏倒後醒來已經是一天之後的事了。由於感冒拖延太久，再加上後來受到的打擊。原先只是小病一場，變成了肺炎，在醫院住了足足一星期之後才被醫生放行出院。

這七天，我是得了一個安寧。連遠在德國的柏林工作的小木阿姨也被驚動，連忙搭飛機回來後就到醫院照顧我，我又是得了一個難得和她好好相處的時間。

七天之後，我獲准出院。我得到兩件消息，一是邵凡再次消失；二是澄希休學。

小木阿姨開始反省自己身為一位代理人的作為，她下定決心在我完成學業出去工作之前，都會留在我身邊好好照顧我，出差和應酬能推就推。

「在回來的飛機上，我十分自責與煎熬。我開始回想這幾年和妳相處的日子，以及照顧過妳的歲月，我才發現我連好好和妳相處一個晚上的回憶都沒有。這幾年，因為老師的緣故，我一直沒辦法放寬心好好面對妳。」她在病房和我坦承。

一天晚上，她偷帶了一手啤酒，在病房裡喝醉，差點被護士趕出去。

「對於一個人，我們在乎的是那個人，還是由於關係著那個人的周遭而關心呢？是因為自己的一份眷戀，還是因為自己的自私？」小木阿姨皺著一張臉，微醺的臉紅通通的，看起來很像小孩子。

也許這是我一直以來無法消除和小木阿姨之間的生疏感的緣故。

可是我還是很慶幸有她。

回到家以後，小木阿姨和我兩人合力打掃了屋子。我清理了陽台長滿雜草以及枯萎的花草，黑色塑膠袋打包好，拿到巷子外的垃圾場。

走出垃圾場，我不急著回家，隨處晃了晃。打著算盤到附近的花藝店買新盆栽再回去。甫拐上往店走去的路，我碰上梨樂。

猛地停下腳步，就站在巷口與街道的交接，一半的巷弄平和，一半是車馬的喧擾。

梨樂看見我也是愣住，一會後他微笑道：「身體好點沒？」

我僵著轉身想離開。

「我幾次去看妳，恰巧都碰到妳在睡覺。」梨樂說著。

「我不知道你來過，阿姨沒和我說。」

「大概是怕影響你情緒。」

他沒看出我的反常，張開口似乎又想說什麼。

「能不能就一段時間，我們誰都不要招惹誰。在路上碰見了也不要認出誰。」我出聲打斷他，控制不住情緒，連聲音都在抖。

梨樂不吭聲。我便把他當成默認，快步想從他身邊走開，梨樂卻攔住我。

「我不是故意瞞著妳的。」

我努力平靜的開口，假裝鎮定地望向他，「難不成是我故意攔著你講的？」

「比起邵凡，你的隱瞞更讓我失望。」

「我警告過妳。」

「你知道嗎，當我聽到的那一刻，我的心好痛。我也不知道該怎麼辦？」我壓著胸口。

我們都有個知心，一個幾乎同等於自己般信任的人。那個人成了第一以後，就不會再有更動。

因為感情聯繫著而信賴；

因為默契契合而依賴著。

「你為什麼不阻止我？」

我沒有理由責怪他，他應該是最兩難的人，同時是知道真相卻無能為力的人。

「我很抱歉。」

「你說，我哥早就被有錢人家領養，全家移民到加拿大。」

「那時候我不希望你繼續追查你哥。」

「你讓我心死，讓我不再一直掛記。難道你先前說的做的一切，都只是為了看我現在變成這樣嗎？」

梨樂張大眼睛看著我。我忍著沒哭，他先哭了。

頭一次看見一個男孩子哭，他的哭很沉默，很安靜，有一種死水波瀾的激動。彷彿四周也跟著靜默，一時片刻什麼聲音都進不了我的耳裡。

看見他哭，我不由得軟化。

「很多事，我都不明白，不明白為什麼十年前會發生那件事？不明白為什麼小木阿姨與我毫無關係卻義不容辭的收養我？不明白為什麼我會和你們梁家從此變得關係密切？但是我知道，若是把所有的不明白都揣在心裡，就是和自己過不去。」我斂下眼。

如果換上自己就能去圓一個不明白，我一定會義無反顧。

可是燈在哪裡？方向在哪裡？

即便化作飛蛾撲火只是撲進了更深更深的黑暗，甚至連一點回音也沒有。

「所以我們，暫時不要見面了好嗎？」我開口，聲音都在發抖。

梨樂愣愣地看著我。我低著頭從他身邊走過，這回他沒有攔我。我狼狽地走進花藝店，無心瀏覽著新的盆栽花束，隨手挑了幾盆花便去付錢結帳。

回家的路口，梨樂還站在原地。

白天巷子口陽光照不進去，正方的大庭院宅子灑落大片陰影。隱隱約約的傳著風聲。梨樂的瀏海被吹開，露出下面黯淡的眼睛。

這世上，有很多東西和感覺，只存在於心裡，說不出來。它只是一種感覺，卻填滿了周圍。

他淡淡地開口，「照顧好身體。」

我沒有接話。看著他從愣住的我身邊走開。

巷子口有淡淡的檸檬香。

邵凡不喜歡檸檬的味道；而梨樂送我的第一個吊飾是檸檬娃娃。

回到家以後，我將盆栽全都砸了。砸完之後，又再去買了一輪。小彌知道後罵我浪費錢，以後要砸她家很多可以給我砸。我覺得無所謂，因為我需要宣洩，卻砸不下去邵凡和梨樂送我的燈罩和香檳杯。

我沒有和小木阿姨說這些事，但她隱隱約約知道了一些，幫著我清理碎片時，她沒有問，也沒有刻意，只是和平常一樣對我。

隔了幾日，小彌開著她那輛紅色奧迪帶著點心和相本來找我。

小木阿姨很喜歡小彌，小彌也很喜歡她，兩人一見如故彼此寒暄了一陣。小彌歡喜的姊姊姊姊叫著。在澄希離開之後，我終於和她說了我的故事，小彌心疼抱著我，自己先哭了。

小木阿姨泡了她在德國買的可可粉來配點心，放下可可後，她便到書房去，讓我和小彌獨處。

小彌打開相本。裏頭滿是我和澄希的照片。

「澄希離開之前交給我，要我轉交給你的。」

有時候，說再見為了再見。

摸摸相片，上面隔著薄薄的塑膠膜。在頁首有一行澄希手寫的字：『青春不枉有妳』。

「澄希的媽媽被診斷出得了癌症，澄希的外婆希望女兒能回去娘家休養。也順便接澄希過去。」

我看照片的同時，小彌一邊解釋。

澄希回新加坡了。

恍惚間，眼前有個畫面，澄希拿著相機在沙灘上追著我拍照，後頭連著一排腳印。她白淨的臉蛋被曬得通紅。

我們一起相識在茫茫青春裡，一起追著同一個男孩子；一起和學業苦惱，一起散步在同一條街道。

倘若將每一寸的時光都當作了曾經，那麼往後的回憶片段，傷痛就能減少一分，婉惜因此多了兩分。前提是要確定沒有遺憾。

「她已經申請了當地的學校了。短時間應該不會回來。」

我們都有過曾經，青春年少，不經意間成為往事。

偶爾，看似平順的人生會經歷波折，哪怕是自己始料未及，碰到以後，咬著牙撐過也就過了，澄希總算是安定下來，那我呢？

殘忍拒絕梨樂後，我們真的連一通訊息往來都沒有；至於邵凡，他不是不懂事的人，所以在那天之後，他再也沒有出現在我面前，他大概明白，現在的我們暫時不適合碰面。

應該是這樣，但為什麼我的心底裡總有一種期望落空的惆悵感。

「你在等誰嗎？」

兩人一起盯著的窗外，除了路人和汽車外並沒有任何特別的人或事。

「沒什麼。」

小彌拍拍我的肩表示安慰。

往後的每天，都會是一樣的心情吧。我還是愛他，因為我愛他。可是邵凡是我最不應該愛上的人。不該愛，不能等的人。直到現在我終於明白梨樂的意思。可是，就算我終於懂他的用心，心還是像撕裂般疼痛。

有時候會突發奇想，想發個訊息或是打個電話給梨樂，但終究還是拿不定心意，還是作罷。聽樂樂說梨樂病了。我知道他生的是心病，和我一樣。無藥可醫。

早些日子暑假已經開始，真正假期開始時，除了偶爾被小彌拉出去透氣，我閒來沒事就在家打掃。有一天小木阿姨下班回家後，發現她一條新買的地毯被洗到退色。隔天，家裡就請了掃地阿姨，三天來一次。

「我請了年假，我們一起出去玩。」晚上，小木阿姨興沖沖的拖著大行李箱來我的房間。

「去哪裡？」我開口。

忽然心一緊。

——「等妳畢業，我們離開這裡。」

「你想去哪？」小木阿姨打開了旅遊網，興致勃勃地發問。

——「去哪裡？」

她俐落的敲著鍵盤，叮叮的打字聲像是節奏，跟著廣播主持人的對話敲著。

整理舊雜誌的動作一下頓住了。好幾張舊廣告紙從雜誌隙縫中滑落，一下滑進床底下。

陳舊的刊物，紙面泛黃軟軟的，像是一剝就脫落。

「啊！找到了。」我屏息。耳畔傳來小木阿姨雀躍地拍手聲。

——「哪裡都好，留在這裡妳便不能全然放心。」

我趕緊轉過身，閉上眼忍著快滑落的眼淚。

「妳想出國還是在國內玩？」

我偷偷用袖口擦了擦眼角。

壓下腦袋中想尖叫的一角，「我們去法國玩。」我開口。

面對的牆面上掛著樂樂從法國帶回來的水彩畫。

樂樂花了一年在這象徵浪漫的國度治療情傷，那我花一個月，能不能走出悲傷？

「好啊！聽說最近去法國的機票比較便宜。」小木阿姨大力點頭。

她扭過身開了一瓶氣泡水，也丟了一瓶給我，開瓶做出碰杯的動作，舉高手，她很開心地歡呼。

看著小木阿姨我忽然有種恍若隔世的感覺。如果有機會可以改變，我不要小木阿姨當我的阿姨，我想要她當我的姊姊。

喝了一口氣泡水，氣泡衝上腦門讓我稍微清醒了一點。

「我們月底出去，畢竟要玩一個月。準備時間多一點，比較不會漏東西。」

「好。」

我放下瓶子，小木阿姨遞了一張紙過來。

「這些東西是暫時我想到需要買的。」

她想了一下從皮夾抽出了兩千，咬著筆桿又低頭補上了一些東西。

拿走錢和紙條，我拎起皮包，「那我現在出去先買一部分。」

「好，路上小心。」

大街上，人潮洶湧。不少情侶成雙成對，看得我好生後悔沒拉著小木阿姨一起出門。

不過算了，反正我也不是要逛街。

看了紙條一眼，挑了幾樣較不需要費心思挑選的。就這樣拐上了往五金百貨的路。街上新開了幾家點心店，邊走手上不自覺多了好幾個袋子。

「謝謝光臨。」

從小販手上接過剛出爐的格子蛋糕，我記得小木阿姨說過她喜歡吃，上回一起去逛夜市，她也買過。

這條街我熟，逛得有點落寞但也有幾分自在。

以往我總要跟著同行的人的步調，這回我可以隨心的調整節奏和時間。

走了幾步，一攤賣髮飾和耳環飾品的小販引起我的注意。攤子恰好在騎樓中間一間服飾店前面，是新攤位，我沒見過。

「喜歡可以拿起來看。」招呼的是一位長相很好看的男孩子。

我拿起一個兔子造型的髮夾。

「這個是最後一個，喜歡要把握喔！」店員漾起微笑。

我猶豫地拿起另一個碎鑽髮夾。

我記得我有一對銀色蝴蝶耳環，可以剛好佩這副髮夾，可是兔子的髮夾我也很喜歡。正猶豫著，店員拿出鏡子讓我可以試戴看看做比較。

「一次買兩個也是很划算喔！」

「那……」

不過眼神一揚，我卻看見他，手上的髮夾應聲落下。

迎面走過來的一群人中，我認出了米米學姊走在後面的小江還有、邵凡。

眼前忽然找不到聚焦點，我用力眨眼，黑暗正吞噬著世界，我拚命的大口呼吸，因為我已經快要吸不進半點氧氣。

所有的景物、車聲和人喧全靜了音，只剩下我的呼吸，心跳和他的笑聲。右耳開始耳鳴，我抗拒聽見任何和他很像的笑聲和低語。

「我買兔子那個。」

再也無法平靜。

匆匆結帳後，我拎著袋子趕緊離開。

走沒幾步，後方一隻大手扯住我的皮包。

回過頭，是方才的男店員。他伸出手在我面前晃一晃，我往下一看，是我的黑色零錢包。

「妳忘了拿走，以後要小心一點。」店員貼心地說。

「謝謝。」

他笑吟吟的將錢包還給我。

同時一個小紙袋也一起放在我手上。

我頓了頓，困惑的開口，「這是？」

「是你男朋友買來送妳的。」男店員曖昧的回應。

紙袋的大小剛好裝得下一隻髮夾。

在他背後，米米一行人走進服飾店，隱隱約約可以感受到往這裡投射過來得視線。天地在眼前旋轉，色彩方向全亂套，每一個動作都脫了序，我無法移動半步。

呼吸更加困難，眼前一片黑，腿一軟。

男店員伸出手扶我一把。

「沒事吧？」

我抬起頭，看到一雙細長的鳳眼。對方只是一個素昧平生的店員，見面不過幾分鐘，臉上卻帶著關切，他開開合合的張口，我一句話都聽不見，抽開手，勉強地笑笑，才發現臉上冒著冷汗。

我將紙袋塞到他的手中。

「髮夾我不要，你拿去送妳女朋友吧！」

僵硬的轉過身離開。

至從期末考一別以後，我再也沒有收到任何邵凡的消息。本以為可以再也不見面，或者再等上一段時間之後再見，沒想到這麼快。

我不勇敢，我很怯懦，所以我不能碰到他。

往前是往火車站離家愈遠，往右是百貨公司，人車喧騰，號誌燈要等上一分鐘，往左就是死巷。越走我越心急，終於走到了路口。我還沒決定方向。

背後傳來噠噠的腳步聲和談話聲，我不確定是不是米米他們，心一横就想往車陣衝。一股反方向的力量拉住我的衣領，大力地把我拉回人行道，一台機車剛好急速騎過。

用力把我踹過身，小江滿臉不開心。

「妳這又是為了什麼呢？」

「你別攔著我。」我拍了拍他的手，他還會不明白嗎，我就是逃避。

他鬆開手，重重的嘆了口氣，「他們走了，只有我一個人。」

我左右看了一圈，確實沒有見到米米一行人的身影。

「這下放心了吧！」

我點點頭，不知道為什麼有點不甘心。

「妳是不是有很多問題想問我？」

「是有一些。」

小江看著我，沒由來又是嘆氣，「我送妳回家，我們路上聊。」

說完，他伸手順了順我的頭髮，往我有耳上扣上一個東西。我摸摸耳朵，冰冰涼涼的，忽然豁然開朗，是方才的髮夾。

「你就別為難店員，人家剛和女朋友分手妳那樣回應未免太傷人。」

我摸摸髮夾，還是很不自在。「我不是故意的。」

「先說喔，髮夾是我買給你的。不要回家就拿去丟，一隻還不便宜呢！」小江語氣一沉，帶著恐嚇效果。嚇得我手一下不敢縮回。

「好啦！別胡思亂想了，小傻瓜。」他摸亂我的瀏海，「我們走吧！」

顧及我的心情，他並未多說什麼，指著前方的停車場，對我扯開笑容。看著他開心的面容，心中也樣起一股淡淡的暖意。

「謝謝你。」

再次坐上小江的車，我繫上安全帶，不免想起上回坐上車的情景。有幾分感觸。他調了音樂，將音量放到最小，不仔細聽會有人正輕聲細語著的錯覺。配合著車內氛圍，有些弔詭。

「你……」我和小江同時開口。

「妳先講。」

「不，還是你先說吧。」

小江瞄了我一眼，和我不約而同的大笑。

「還是妳先說吧！問吧！妳想問的，如果我能回答我就回答。」

「你這麼一問，我還真的不知道要從哪裡開始。」我苦惱地皺眉，有些遲疑，「我想知道你和邵凡、我哥的真正關係。」

「不用勉強自己去調整對邵凡的稱呼沒關係。」

他開的很慢，幾乎是在兜圈子。畢竟到我家其實不到十分鐘的距離，他卻開了好像要一兩天才能開到。

繞了兩圈後，他索性開進附近的公園停車場，熄火，好好靜下來和我促膝長談。

我側過臉，對望著玻璃上的光影。

「你和邵凡是怎麼認識的？」

「我和邵凡是表兄弟關係。十年前，當時我姨丈剛過世，我阿姨收養了邵凡，對阿姨或者我的家人，邵凡的出現無疑是一種慰藉和寄託。」他意味深長地一笑，「當然對於邵凡的原先背景，我們都有個底。只是沒那麼重要，重點是我阿姨很喜歡邵凡。」

這和邵凡前面解釋他們的關係一樣。

「那對你呢？突然多了一個來路不明的表哥，你就這麼接受？」

「我那時才九歲，能有什麼接受不接受的差別感覺？」他躊躇良久，又補上一句，「也許，當時只是覺得忽然多了一個哥哥也不錯。」

好像是某一天聊天，我聽邵凡提過，小江是家中獨子，家教很嚴，母親是大學教授，父親是中學校長，對小江期望很高，甚至限制他的交友和娛樂狀況，一直到上大學後才寬鬆些，因此家住很近的邵凡時常藉念書理由去找他，漸漸地和他感情變得很好。可以說是所謂的革命情節吧。

明明渴望著更接近真相一點，但不知怎麼的，是因為答案太過簡單平凡，又或者是太輕易得到，反而有種不真實的恍惚感。

「你已經知道我的事嗎？」思緒異常的清晰，我若有似無地開口。

「邵凡什麼都不肯說，我問好久才問出來的。」他淡淡的開口，眉頭皺了一下，「知道之後，反而一下子不知道怎麼面對妳。邵凡也是，我也是。」

想著所有人都避著自己真的很痛苦，「我也一樣。」

因為距離著彼此太近，看得太清楚了，因而顧忌多了，以往可以肆無忌憚，只是現在多的是小心翼翼，誰都不想碰著誰的傷口。

我很清楚，小江是無辜的。

站在我、梨樂或是邵凡的任何立場，他都只是局外人：剛好擦邊而過，卻不得不停下來看著滿目瘡痍的現實，手足無措的第三人。

「有些事我是沒資格說。」

「這些就夠了。謝謝你願意回答我的問題。」

車窗外，一名小男孩牽著風箏想要玩。無奈風不大，風箏飛不起來，後頭追上來了一對姊妹，拉著他不知道說了什麼，然後，三人很開心地跑開。

不知道為什麼，我想起和梨樂小時候的過往。

說實話，我和梨樂幾乎沒什麼童年。

我是在十歲那年才認識他的，梨樂父親是當時那件案子的負責檢察官。在我的印象中，梁父是一個沉默寡言，但行事很有魅力的檢察官。

有一回，梨樂興沖沖的帶著我上法院看他父親工作，那之後，我就對檢察官起了一種莫名的憧憬。

對於十歲以前，我沒有很鮮明的記憶。一些殘留下來的記憶不部分都是聽小木阿姨說的，在這件事上，梨樂是愛莫能助。

下車道別後，我才想起我還有個問題想問他。但委實不是什麼重要的問題，只是我還挺好奇他是不是同性戀。

一個人會稱自己是同性戀，背後一定有什麼原因。或許，小江也有藏著不能說出的秘密或是傷心處。

白色車子揚著滿地沙塵離開，只留下長長的胎痕淺淺地壓平著草皮。

臨走前，小江給了我一張音樂會的票。

「後天文化中心有一場音樂劇，邵凡是主持人，沒事的話去聽聽。有些事還是需要妳和他當面說比較清楚。」

有時候，我們需要的是時間，需要一個很乾脆的回答；需要沉澱，而不是拐彎抹角的自己想，得到無解答案。很多時刻，其實很冷靜，也很疲憊。

回到家之後，小木阿姨難得大展身手，煮了一桌的家常菜。難得的溫馨，感動的我直掉淚，看見我的反應，小木阿姨誤會我受了什麼委屈，折起袖子氣鼓鼓的說要幫我還擊。我拍拍她表示沒什麼事，然後拉著她從租來的片子中挑了最驚悚的片一起坐在客廳看。結果看到一半，電視出了問題，畫面剛好卡在一頭黑色長髮從男主角的浴室垂下來，嚇得我丟出手中的遙控器。

這一摔可慘了，電視是動了，可是動得很不甘願，一個恐怖橋段非得慢吞吞的停了個兩三秒才心滿意足。

「妹妹啊！遙控器是無辜的，妳摔它幹嘛？」

小木阿姨放下零食，擦擦手走向前彎腰撿起遙控器，又敲了敲電視機。

「不然我應該摔誰？」

然後，我成功拿到了一大桶巧克力冰淇淋和轉移地點，到小木阿姨房間看電影。

這世界，人有分很多種。

有一種人，習慣性自虐，清楚著自己的底線和雷點，卻偏偏要故意不知分寸，因為這種人，只有在心痛得要死時才能像是活著。

而有一種人，默默地不為人知，說白了就是天生的樂天和貼心，放在男孩子身上，叫暖男，女孩子身上，叫好姊妹。

也就是說，一個被虐，一個恢復力強，當然在不同情況下，還會有不同性質我不能一一細說，但我只能說，對於小木阿姨，太可惜了。我們應該是年紀懸殊的姊妹，而不是母女。

這幾日，我是過得渾噩。總是白天睡到了正午才起床，起床後也不急著吃飯，到了和室去拉筋作了瑜珈，開足了冷氣又睡到了下午三點，真正睡飽後起來下樓煮了泡麵吃。邊吃麵，我邊在客廳兜著圈走著，酒櫃上多了幾個相框，全是我國中時期的照片，還有小木阿姨到國外隨手拍的相片。

我並不是一個念舊的人。我執著的事總是一些細瑣事務，也因此被執念填滿的心思，早就裝不下過去的情懷。以前梨樂唸我是大手一揮，連他送我的手寫生日卡都可以不要，但他應該慶幸，我沒丟的是他。

可是現在他懸在我心裡，介在垃圾與珍貴之間。

□

掛在客廳一角的日曆，終究還是翻到了小江說的那天。

意外的是，那天我醒得很早，清晨四點不到。

戴著耳機勉強又睡了一個多小時，但是內心總是不安穩。生日時，小彌送了一張她在蒙古玩的時候買的一幅字畫，我把畫掛在房間正對床的牆面上。

細水長流。

四個單字看得我越惆悵。

我想等一個人，兩個人作個伴，相約一起看盡全世界的風景，細水長流。

儘管總有一人必須提走離開。

至少，兩情得已，感情不在言下，不在朝朝暮暮，在擁抱過後的溫度。

坐在床上發呆了一陣，我隨手拿了件衣櫥裡未拆封的衣服和洋裝，對著鏡子比了比洋裝。款式是前年的，還算正式，只是感覺顏色退了點。

門外透出對面房間的燈光。

半掩的窗簾微微揭開陽光，如果不是還有音樂會的事，今天可以說是完美。床頭櫃的手機一亮，我丟下衣服。

『要不要一起吃早餐？』

小彌傳來訊息，後面連了五個渴望的表情貼圖。

『帶小木姊一起出來就更棒。』

『好嗎？？？我家那個回家了，要明天才回來！』

『……』

『再不出來，我就會變成孤單老人了！』

沒等我回應，訊息一連被丟出。

第二則才是真正的目的吧？我笑笑地隨手扯了一條髮帶，拎起皮包。出門陪陪寂寞需要人慰藉的人吧！

『老人莫急，孫兒片刻就到。』

敲出訊息，我已經可以想像另一邊小彌摔手機的畫面。

想著，我不禁欣喜地跑出房間。

「今天天氣真好。」

小彌開心的伸懶腰。

服務生端來餐點，滿面朝氣蓬勃，跟著音樂打著拍子，愉快地幫我們鋪上杯墊，順便提醒今天外帶飲料九折。

早餐店落地窗外大把陽光慵懶地灑在人行道上，我淡淡地看了一眼，好像好久沒有出去吸收陽光了。

「真的！只是可惜……」小彌重重嘆氣。

我抬起頭。

「真的可惜。」小木阿姨也重重嘆氣。

這是某種暗號嗎？我愣愣地望著兩人。

「有人偏偏要宅在家裡，也不怕長香菇。」小彌撐著頭，語重心長地開口。連小木阿姨也大力點點頭。

原來這幾天，我幾乎足不出戶，她都有發現。

我無奈地搖搖頭，手機正巧鈴響。

「我接一下電話。」我抓起手機跑到店外。

「喂？」

店外日頭正艷，我舉起一隻手遮在眼前。

「樂樂？怎麼了？」

「我有東西要給妳，我讓我弟拿過去給妳。」

現在？「他出門了嗎？」

「剛出去。他到了應該會打電話。」

懊惱地掛了電話，我匆匆回到店裡，小彌放下餐具好奇地看著我，用唇音問我怎麼回事？

「樂樂有東西要給我，我先走了。」刻意避開提起梨樂，我抓起外套。

小木阿姨張大眼，不可思議地開口，「早餐呢？」

我瞥了一眼幾乎沒動的餐點，丟下一句，「妳們幫我解決。」

匆忙地離開早餐店。

早餐店離我家只有十分鐘的距離，我邊小跑步，八分鐘就到達巷子口。還沒踏進巷子，迎面我碰上對面社區的警衛。

「早安。」我向他點頭打招呼。

「早啊！簡小姐，今天妳的竹馬又來了呢。」他笑咪咪地回應。

聽見梨樂來了，我簡單笑了笑沒有繼續交談，拐上巷口的路。經過了一排汽車後，我看見了梨樂，他側面對著我，舉起手正要按下門鈴，倏然地，他轉過頭看見我停下了動作。

我也停下了動作。一時半會，兩人都沒搭話。

他揪著我看，一雙明眸精明地轉著，「早。」

只有簡單一個字。

我一個箭步衝上前抱住他。

其實我很想他。不是作為戀人的想念，也不是作為朋友的想念，而是家人的想念。原來，在我心底我把他當成了家人。

「妳變憔悴了。」他的聲音顯得低沉沙啞。

幾天不見他瘦了，整個人都蒼白許多。

「你也是。」

「我說不要見面，你就真的不找我了！」輕輕地捶著他的胸口。

他的嘴角微微上揚，捉住我的手，他的手心很燙，捏著的力道很輕。

很輕微地感傷懷抱著我們，他沒有接話，很專心地凝望著我。

忽然像是被什麼打醒，我啊的一聲。剛才警衛室怎麼說的？

今天你的竹馬又來了呢。

我縮起手，後退了幾步，「你來過？」

他很緩慢地堅決的點點頭。

「什麼時候？」

他頓了一下，遲疑地開口，「每天。時間都不一定，我只是想說不定有機會能遇見妳。」

不自覺的紅了眼眶。心有些疼。

「你真傻。」等著沒有營業時間的門，等著一次牽強的偶遇，「為什麼不按電鈴？」

「那不重要。都過去了，至少妳還是原諒我。」他摸摸我的頭。

捏捏他的手臂，梨樂本來就不胖，現在更加消瘦，輕易就能捏到骨頭。

感情那麼複雜，讓人都憔悴。

他戳戳我的眉心，「好啦！別再皺眉。我今天主要是帶東西給妳。」

「什麼東西？」

梨樂拿出兩張禮卷。「樂樂她一位朋友最近新開一間服飾店，有機會去捧場一下吧！」

我接過禮卷，還真大方，是兩張五百元的禮卷。

禮卷上面還貼心地寫了營業時間。

「你待會有空嗎？」我想起那件褪色的洋裝。

兩人都沒什麼重要的事，梨樂便陪我到市區買衣服。樂樂指示的店面就在火車站附近，很容易找，是一間布置很溫馨的店面，等待的時間，梨樂陪我看了一會後，便跑出店外買飲料。

目標很明確，試穿幾件後，我便做出決定。準備結帳的時候，梨樂剛好回來。

他把飲料放到我手上站到我身邊。

「總共是一千八百元。」收營機上顯示金額，女店員流暢的唸出。

我從皮夾中抽出另外八百元。梨樂快步拉住我要付錢的手，另一隻手將一張一千元遞給店員搶先付錢。

「這是找零和發票。」女店員笑咪咪地找錢，還不忘開口，「小姐，妳男朋友真好。」

「謝謝。」梨樂搭著我的肩，勾起紙袋強行帶著發楞的我離開店面。

踏出店門，我回過神掙脫他的束縛，自動門剛關上，殘留的冷氣依舊冷得我雞皮疙瘩。我搓搓手。

「梨樂，我、」我結巴地開口。餘光瞄著店內，一排服飾遮住一半的店面，一名女店員拿著衣架經過門口時，好奇地望向我們。

他伸出一隻手壓住我的嘴唇，「我知道妳要說什麼，我明白。」

明白就好。我安心地閉上嘴，內心還是浮起淡淡的罪惡和內疚。

「對不起。」

「沒事，不要亂想。」他捏住我的臉頰，「不過也難怪，店員會這麼想，妳看一下妳穿什麼，再看一下我穿什麼。」

我低頭一看，再仔細上下看了一下梨樂。他今天看起來很清爽乾淨，大致看來沒有異狀，只是瀏海長了點，衣服很休閒，穿著襯衫和一件薄外套、外套！

我們兩個穿的外套是……！

臉頰一熱，我小聲地說，「是上回樂樂送我們的外套。」

樂樂有意湊對買的情侶外套。

我早上隨便一抓就抓到這件，沒想到梨樂也剛好穿了這件。我懊惱的揉亂自己的瀏海。

梨樂被我的反應逗樂似的大笑，眼神柔和許多，「不過妳怎麼忽然要買洋裝，很少看妳穿，而且這件挺正式的」他拍拍袋子。

「下午有一場音樂會。」

「音樂會？」他瞇著眼，從口袋拿出一張票，「該不會是這場吧？」

好熟悉的票面，我接過正反確認了一遍，然後點頭。

他深深吸了一口氣，「所以妳才要精心的打扮。」

我吃驚地張大嘴巴，好幾秒一後才會意過來。死咬著嘴唇，不想給他答覆。

「算了。反正妳和他之間終究還是需要一個結果。」

他苦澀地一笑。

沒有任何不滿，或是無理取鬧，他的體貼刺傷了我。隔在我們之間的問題，終究還是硬生生地被揭開。

也許，只有我們都狠下心的那天，才能再不受傷。

照著梨樂的說法，今天下午是樂樂約他一起去聽音樂會的。他打了電話讓樂樂自己去，而他跟我一起坐公車去市區聽音樂會。

下公車後，他撥了通電話給樂樂。

「反正，到現在還會遇見的。」他的臉上不冷不熱，語氣一如故往，「姊妳就別替我們操心！不用配合我，妳也比較輕鬆。」

他握著手機的手有些不穩。

真相便是，我們誰都不勇敢。卻又深陷其中，無法自拔。拚命忍著淚，看誰先忍不住掉淚。克制地顫抖地舉起手，勉強也要扯出笑容。誰都無法確認的曾經，因為答案太接近現實，終於分崩離析。

我盯著梨樂的臉慢慢發白，漸漸恢復正常。在他撇過臉來看我以前，我先轉過頭。靠近停車場門口的一輛休旅車，安靜地在不亮的路燈下，由中心向外散發淡淡的冷感，像是將手電筒放入水中，光線依附在漣漪上一圈一圈發暈著。

乾淨的幾乎沒有一絲髒污的車窗上平靜的倒映著我們倆，世界似乎以我們為中心靜音。直到我瞧見從車窗上凝望著我的視線，我微微一笑轉過身。

梨樂溫和的開口，「該走了。」

我習慣性地想牽起他的手，指尖摩擦到他的袖子的瞬間，改變了心意，我拍拍他的手臂。

市區的文化中心很大，正面對著百貨公司和商店圈。

傍晚天色染著一層橘黃，有不少家庭帶著小孩在噴泉邊玩，離開場還有很一段時間，我索性坐在長椅上看著小孩子追著泡泡玩。梨樂跑到旁邊和小攤販買吐司麵包，走回來後他把紙袋交給我。

「給妳餵鴿子。」

呆呆的接過紙袋，有點分量，大概是麵包捲之類的。我抬起頭，恰好一陣風來，吹散了瀏海，遮住了我的視線。

「這裡的鴿子是中心養的，沒什麼問題。」梨樂解釋。

「我沒餵過鴿子。」

「這沒什麼困難的。」他莞爾。

梨樂拉著我起來。起身時沒有踩好，我下意識的往他身上靠去，聞到他一絲淡淡的麵包香，大概是方才沾上去的，這些日子晚上天氣較涼，他穿著墨色外套，微微張開著手，像是掩去一片天合為夜色。我抽手，小聲地說聲不好意思。

兩個人在一起的時候，很容易讓人產生自己很堅強的錯覺；因此看著對方趨於弱勢，自覺就會伸出手，為了能讓對方和自己對齊於同一線上。

可是即便如此，看出去的視角還是會有水平落差。

「鴿子鴿子！」

看著我和梨樂蹲下來在餵鴿子的動作，原先在追泡泡玩的小男孩興奮地衝過來。紅通通的小臉蛋讓人很想咬一口。

還好沒有嚇跑鴿子，不然鴿子群一齊拍動翅膀亂飛的場面一定很可怕。

梨樂捏一把麵包碎塊，靠近男孩，「要不要餵餵看？」

絲毫不怕生的一把接過，男孩靦腆地說謝謝。

陪著小男孩餵了一陣鴿子，梨樂悄悄走了過來。

「明明是買來給妳餵的，結果妳都只待在旁邊。」

「看你們餵這樣挺好的，我怕我會嚇跑鴿子。」我聳肩。

老實說，我對鳥類不是很有好感。國中時期，有一回掃外掃，沒注意到腳邊，一腳下去才發現我踩爆了一隻死鴿子屍體。那噁心不用說，最重要的是人家已經死掉了，還被我再糟蹋一次，那次之後，我對禽鳥類都有很嚴重的陰影。

「那好吧！反正這裡的管理員也會餵食，把牠們餵太胖了就不好了。」梨樂撇撇嘴。

探頭查看紙袋，裏頭還有一塊麵包捲。他把麵包扳成兩塊，和我一人一半。

沉默地把麵包吃完，我們都暫時陷入安靜，各自琢磨著要怎麼開口。

拍拍手上的麵包屑，他盯著我看了好幾秒才開口，「未雨，我下學期要轉學。」

我一聽，臉色瞬間刷白。

轉、轉學？

「什麼意思？」我吸了口氣，發出的聲音在顫抖。

「字面的意思。」梨樂側過臉，沒有看我。

背後的一片天灰沉沉的，像是攪散的黑色白色顏料，他飛散的髮絲撲朔著一張白晰的臉蛋跟著背景相襯攪和著，後方好幾盞燈陸續被開啟，形成一條很壯觀的星系圖。

「好好地為什麼要轉學？」

難道是因為最近這件事？忍不住全身發抖，我握緊雙手。很強烈的無力感襲來，我沒有資格對梨樂說任何的挽留或疑問，他才是被傷最重的那個人。心狠狠一抽，我們是朋友，卻不能說出只有朋友之間適合的對談。

「別亂想。」冷不防，梨樂捉住我的下巴，將我的視線強制停在他身上，「我們家的事，我爺爺最近退休了，他以前在英國的同事希望他能過去幫忙，我爸媽要工作沒辦法一起過去，所以希望我姊和我一起和爺爺過去，畢竟老人家年紀大，有個家人也好照應。」

我眨眨眼，稍微冷靜下來，「原來是這樣。我還以為……」一下語塞。

「以為什麼？」梨樂笑笑地接著。

等我回過神，我已經被他輕輕擁著，這一回他的擁抱很小心，很平淡。他的胸膛很寬闊，被他抱著有一種恍若隔世的迷茫感。

「我喜歡妳，到今年剛好滿十年。曾經我以為，只要努力，就算沒辦法讓妳愛上我，看著妳快樂就夠了。沒想到，妳真正感到快樂的時候，妳的心裡已經住下另一個人了。」他的聲音不快不慢，像是已經醞釀很久，鼓足勇氣才開口。

我下巴還貼在他的胸口，沒有任何動作，靜靜等著他繼續接話。

「我承認，沒有告訴妳真相是因為我怕妳受傷，另一方面主要是我不甘心，我一直覺得我有可能讓妳再次對我動心。結果看來沒辦法，我真的很抱歉讓妳受到傷害。」

「沒關係，都過去了。」我大力摟他一把，然後放開。

「還是朋友？」

他握住我伸出去的手，露出很燦爛的笑容，點頭。

太好了。

我們是存在著差距的兩人，我想起參商兩星。小時候，我很崇拜梨樂，只可惜在那份感情萌芽足以到達愛戀之前，我便遇到了另一個人。

梨樂站在街燈下，炙白的光線把他整個人都照暈了一圈，彷似披著柔和的月光。

跟著我沿著健走步道慢慢散步去演藝廳，過問彼此的近況一會，梨樂突然轉了話題，若有似無的開口，「再來我要告訴妳一件事，現在不講以後怕就沒機會了。」

「什麼事？」氣氛下，我不由得一顫。

「還記得我跟妳提過樂樂喜歡的男孩子嗎？」

「記得。」

哪壺不開提哪壺？

他輕聲道，「我姊他喜歡的人就是妳哥。」

頭頂上像是被認潑了一桶極冷的冰水，我打了個冷顫。

這個消息太打擊人心。一時之間連我也無法控制自己想法，使盡了力氣才免強站穩。

「樂樂喜歡，邵凡？」

為什麼偏偏是他？

眼前倏然有個畫面，當時我和梨樂賭氣，在他家門口前幾度要提起邵凡刺激他，然而一再被阻止。

還有曾有一天，邵凡送我回家正好碰上樂樂和梨樂出門吃飯，梨樂先看見我們，他反常地拉著樂樂往反方向跑走，我一直以為他在躲我，原來，他是帶著樂樂在躲我和邵凡。

恍惚之間，梨樂模糊的聲音，像是透過一層水傳進我的耳裡，「不管是我還是我姊，妳都不要感到內疚。」

「可是……」我聽見自己的聲音，很陌生。但才說兩個字就被打斷。

「這沒有什麼。愛情並不是說重來就可以重新來過的事。如果時光能逆流而行，即便重複了幾百遍的當下，也未必能夠有不同的選擇。因為愛情也不是說選擇便能選擇的多重選項。」

「我不想害樂樂難過。」

「如果要說有什麼不對，錯就錯在我們不應該同時相遇。」

梨樂捉住我的雙肩，左右搖晃著，試圖讓我清醒些。

「妳和邵凡的事，我到現在還是沒讓我姊知道，以後也不會，我能瞞多久就瞞多久。我姊視妳為她的妹妹，我不希望妳們成為情敵或有什麼嫌隙。」

我沒辦法聽清楚梨樂的一字一句。

眼前的世界翻覆顛倒著，我咬著牙不讓自己倒下。

不應該是這樣的！

除了震驚和不解，更多的是自責。

我一直認為讓梨樂一人心死早點放棄就是我做過最殘忍的決定，沒想到他即便忍著萬箭穿心般的心痛，也要護著另一個人，情願讓自己不斷揭著傷疤替人擋箭。

他的心思細膩比用心良苦來得讓人疼痛。

梨樂說過他不是好人，因此他並不是犧牲自己來成全他人，只是他比誰都來懂『在愛情裡每個人都身不由己』這件事。

他既是局中人，也是局外人。所以，他什麼都不說，也什麼都不做，因為不管做什麼，都會有一方受傷。

但明明，最難過的是他才對。

「小樂你們怎麼在這裡！」

遠遠的，我和他聽見樂樂的聲音，梨樂刻意往前幫我擋住樂樂。

「末雨深呼吸，沒事的！」他小聲的在我耳邊說道。

樂樂穿著高跟鞋，每一叩每一響聽在耳裡，就像一巴掌清脆的打在我身上，我越來越清醒，也越來越害怕。

等到樂樂終於走到我們面前。

我倉皇的一把推開梨樂，轉身就往反方向跑開。

「怎麼了？」

我聽見樂樂驚呼。

「沒事，小雨她忽然想到她有事，姊我們先進去。」背後傳來梨樂推扯著樂樂的聲音。

我不經意地回頭，恰好對上梨樂的視線，眼神在空中交會，他對我點頭要我別擔心，接著拉著樂樂往演藝廳進去。

摀著胸口，慢慢停下腳步，然後我撞上一個軟軟的身軀。

抬頭，對上一張陌生的臉孔，一位正要入場的女孩子關心的拉了我一把。

「小姐妳沒事吧？」她關切地問。

「沒、沒事。」

「沒事就好，妳看起來好像被什麼東西嚇到。臉色很不好。」她不放心地看了看我。

「我沒事，謝謝。」婉拒她伸過來的手，我從她旁邊跑開。

外頭噴泉邊的大鐘顯示已經六點十分了，外頭的廣場人潮少了許多，大部分要入場聽音樂會的人都散了，只剩零星一些攤販和人群，有幾位夜晚出來運動的老人經過我身邊也投來關心的眼光。我扯了個笑容向對方點點頭。

漫無目的地走了一會，我在街燈邊停下。踢了踢腳邊的空鋁罐，俯下身撿起打算拿到旁邊的垃圾桶回收時，我看見一對情侶站在長椅邊，兩人沉溺在自己的小世界，看得我臉紅心跳，都不好意思走過去丟垃圾。

這畫面說實在對我刺激也太大。

男方穿著一套黑色的西裝，深色條紋領帶被女方扯住，兩方正深情的吻著對方，看那氣勢像是女方自己貼上去的，但男方也沒有拒絕。

沒想到，現在的情侶都這麼開放。還是到另一邊垃圾桶丟好了，我拍拍臉頰，忍不住再多看一眼。

這一眼是一個錯誤。

那一剎那，我感覺身心靈都不是自己的，整個人就只是直愣愣的盯著對方，彷彿是要望穿對方，甚至連眨眼的動作都無法。

腦袋瞬間刷白，從頭到腳間一股很強烈的震撼，眼前四周都看不見，只剩那對情侶。

框！手中的鋁罐硬生的掉落在地面上發出很清脆的聲音。

在這夜色的廣場裡，那對情侶停下動作，慢慢地轉過頭，這一聲是驚擾他們，也驚醒我。

快跑啊。

捏一把自己的大腿，我轉身拔腿就跑。為了音樂會特地買的洋裝此刻卻成了累贅，我提起裙襬直跑出了廣場直到馬路，實在沒路了我才停下。

跑這麼遠了應該沒事了。正暗想著。

忽然聽見背後傳來聲響。

寒毛直豎，畏懼的旋過身，邵凡站在我面前。在他背後模糊出現追了上來的米米學姊。

此刻我最不需要清醒，但是偏偏一顆心卻是清晰不過，眼前兩人的每個吐息，每個動作，在眼裡無限放大。

「打擾你們了，真的很不好意思。」

我竟然也會有替自己感到可悲的一天。

狼狽不堪。

邵凡在我面前怔了一下，然後對在他身後喘氣的米米學姊開口道：「妳先進去，要是來不及妳幫我撐一下。」

米米點點頭，然後轉身往原方向小跑步離開。

「妳誤會了。」

我抬起頭，邵凡往我走進，逼近我的眼前。

他將瀏海往上梳，露出框闊的額頭，配著一張冷峻的臉蛋，比米米學姊的存在還讓人自漸形穢。

往後又是退一步，右腳踩了空，我往後一瞥，再退就是大馬路。

我縮回腳，假裝鎮定。

「沒有關係，我這次來也只是想看你好不好，你現在和誰在一起，變得怎麼樣了都和我都不在意。」

這世界上，有許多種感情，它反反覆覆，其實說變就變，你說誰的愛情比石堅，誰的誓言海誓山盟，但這麼多的風風雨雨，豈又是一句天長地久就能抵擋那一瞬間的萬劫不復。

「妳聽我說，事情不是這樣的。」

他伸出手要碰我，被我閃開。

「我不想聽，也不想知道。」摀住雙耳，眼睛噙滿淚水，「為什麼一定要是你？為什麼偏偏是你讓我愛上？可是你又為什麼偏偏剛好又是他？」

「你聽我說！」邵凡沉下臉，不理會我的閃躲，一把將我抱住，「十年前若我不把妳帶走，妳會死在裡面。等我回頭要去救妳爸媽的時候，已經來不及了，當時火勢已經太大了。」

他的雙臂用力的箍住我，我用盡全力也沒辦法掙脫，「是，我知道。但是若是你當初不要玩火，就不會發生那樣的事了！」

他聽見我的話，張大眼睛，沉默一會，然後慢慢放手。

背後一台車呼嘯而過，強勁的風吹散著我的頭髮，原先梳好的公主頭一下亂了，我索性扯下髮帶。

「所以，我到底該怎麼看你？你是我哥，樊言還是紹凡？我一直在想，只是我想破了頭都還沒有個結論，直到小江給我票以後，我才明白，即便發生這麼多事，我還是愛你的，你是誰都不重要。」

這就是愛情。

「妳聽我說。」

「你不要說話，現在我不想聽你說的任何一個字。」

我踮起腳尖捉住他的下巴，輕輕地在他唇上留下一吻。

這一刻，彷彿全世界都靜默。

然後我鬆開手，「可是我已經沒有機會了。」

其實我很怕他開口，但他一句話也沒說，睜大眼看著我，臉上帶著錯愕和痛苦。

「從今以後，我們就再也什麼都不是。」

我轉過身，遠遠地一輛公車停在對面街口，對面號誌變換，剛好這路口綠燈亮起，我走上馬路。再見了。

每跨出一步，痛就更加深，我感覺一陣暈眩，最後連呼吸都沒辦法好好地呼吸。

倏然，一聲很長的喇叭聲響起。

轉過頭，刺眼的白光伴隨著可怕的煞車聲迎面滑行過來，一輛大卡車失控地朝著我衝來。

閉上眼，也沒想慌張，等著粉身碎骨般的痛苦襲來。

突然一個力量反方向用力抱住我，還沒來得及反應，對方和我被強大的衝擊力撞出去，一隻大手護住我的頭，讓我在撞擊到地面時減輕衝擊力道，在地面上翻滾幾圈後，壓在我身上的力量慢慢消失。

意外發生的速度太快，我被一片尖叫和哭號聲包圍，一顆心卻清晰的可怕，連半點恐怖都未感受。

耳邊無限放大著人們的尖叫聲，汽車的喇叭聲還有自己的呼吸以及心跳聲。

我爬起來，下半身傳來劇烈痛楚，我低頭看，右腿大概折了。

造成事故的貨車此刻卡在兩棵樹中間，貨車玻璃窗上出現蜘蛛網般的裂紋，駕駛座上空無一人，滿地都是碎玻璃、卡車碎片還有從同一個方向向四方擴散的血跡。

視線順著血流而上，焦點最後落定在倒在地面上一動也不動的男人身上。

邵凡用身體護著我，直接承受到最大的衝擊，我輕輕推他，但他一點反應也沒有，沿著我們為中心，四周都是血。

「你醒醒啊！」

無論我呼喚多少次，他再沒有像以前一樣睜開眼對我露出頑皮的笑容，邊吐舌邊說我真膽小。

身旁肇事的駕駛，驚嚇未定地叫著人來幫忙。過沒多久身邊就為了一大群人，有人拍了拍我的肩。我不想理會，自顧的抱著邵凡。

「我不怪你，你醒醒好不好！」泣不成聲。

顫抖地想壓住他的傷口，但他身上的傷口太多，每一處都在流血。

「你說你要帶我走，可是現在你有米米了。那我帶你走好不好？就一天就好。我們去遊樂園玩，小時候你很喜歡去的那間，你說好不好？」

邵凡還是一動也不動。

然後我就想，就這樣抱著他哪裡都不去也好。

眼前的景象正一點一點暗去。

我再也不要和你賭氣了，你不要遵守我們的承諾，你回答好不好？

現在你說什麼我都聽。

雙手漸漸失去知覺，我緩緩倒下，最後一眼，我停在邵凡身上。他面對著我，即便滿身是血，看起來還是那樣安詳，就像最初我見到他的時候一樣。

好像、好像我再等一會，他就會睜開眼溫柔的抱住我。

背後傳來救護車鳴笛的聲音，模糊的意識裡，我看見米米還有梨樂遠遠地朝我們跑來。但那些都不重要。

原來，扣除掉理智外，愛情裡只剩荒唐。

樂樂喜歡邵凡十年，梨樂等我一等就是十年；我尋覓多年的哥哥，在十年以後，以不同形式出現在我面前。

我們只是各自以自己的方式堅持著，應該誰也不妨礙誰，但其實，我們出發的起點本來就是錯誤。

愛一個人，就算繞了大半圈也不一定能幸福。

我一直在等，等著也許有個人幫我做出決定。可是等到最後，我才知道那個人就是我。

我們曾經許的結局太美，現實不可能。

（完）

番外
大結局

「Rendez vite à la maison et reposez-vous, voici les medicamments.（回家休息，這些是藥）」

「Merci, docteur.（謝謝醫生）」

離開診所，在外面等候的小木阿姨端著咖啡走過來，咖啡還燙著，我捏在手裡不自覺地想縮手。

「醫生說了什麼？」已經來過好幾回了，每回她還是擔心。

「沒什麼，就是一樣開了藥又讓我多休息。」我聳肩。

小木阿姨用力戳我的眉心，「醫生都說了妳還一天到晚跑出去。」疼的我直咧嘴，這一鬧我才注意到小木阿姨是自己一個人。

「Marc呢？」

我四處張望，載我來的那輛黑色廂型車也不見。

「喔，他去接姪女下課。」小木阿姨解開圍巾圍在我的脖子上，「等會一起吃飯？」

我揉揉圍巾上頭有點濕，我吐著白煙，「我就不了，我坐公車回家。」

「每次要找妳吃飯妳就有事。」

「朋友找我去看電影。至於晚餐，我就不當妳們的電燈泡啦！」我拉了拉小木阿姨的衣領，「這一次，妳可要好好把握，我看Marc這人很實在，真的很不錯。」

「說什麼呢妳，整天淨說些傻話。」小木阿姨臉紅了起來。

「好啦！我的公車來了，晚上見！」

都說戀愛中的女人會變得像小女孩，這句話在小木阿姨身上果真如此。

回到家中，公寓裡頭一片凌亂，好幾件大衣和洋裝被翻出來亂丟，看來小木阿姨在出門之前為了衣著下了一番心思。我拉了拉圍巾，不禁感到震撼。

原來愛情真的可以使人有如此巨大的改變。

啪一聲我闔上冰箱，一手提著紙盒裝的牛奶，放在微波爐上的手機恰好亮起。是小彌從傳來的訊息。

『澄希回來了，這次回來只回來三天，妳要回來嗎？』

打開紙盒，我直接喝下半盒。放下紙盒，我閉上眼靠在冰箱邊休息。

五年前車禍以後，我喪失了味覺，治療一段時間後，我隨著小木阿姨工作調派一起移居到法國，我到了里昂念書，這一停留就是五年。

這段時間，發生了很多事：小木阿姨在一間糖果店邂逅了她的真愛，也就是現在的男友Marc，差不多是兩年前，她辭了工作，現在在糖果店幫忙。而我在完成學業後，便到了當地的超市工作。平時有空就帶著相機隨處走走也拍些風景照，我將這些照片放到網路上寫成日記。

聽說車禍以後，邵凡在醒來時失憶了。

詳細情況我也不太清楚，都是透過小江或是小彌轉述給我的。聽說他不是全部都忘記，他忘記的只是五年前車禍前那三個月的事，聽說後來他真的和米米在一起了；最近我看米米的動態，她剛訂婚，雖然動態上沒有明指對方是誰，但我猜是他。

關於他的事，多多少少都是聽別人說的，很少是我親自去查證。

我往鎖骨方向摸索，很快碰到一個布包。在我來到法國沒多久，我在背包的很裡層發現了一個香包，當時我和他索取並未成功，沒想到暗地裡，他已經給我。我將香包重新接線弄成了項鍊掛著，我什麼都沒帶來，除了這個香包是對過去存在唯一的證明。

也差不多是在五年前的某一天，樂樂曾來通電話。老實說，我不太明白她的用意。也許她只是忽然心血來潮，又也許她是刻意的。

掛斷電話前，她說了這樣一句話。

「我不會原諒妳。」

不確定她指的是十年前的事還是五年前的事。

曾經邵凡也跟我過類似的話，我想最後一次他來我家時說的那番話是在和我道別，只是我沒聽出來。我們早就相識在相遇很久很久以前。

而我也終於明白了所有事情的真相。

說來可笑，我一直等著真相大白的那天，等著許多難以解釋的細節能有個說明，但其實根本就沒有所謂真相。

十五年前，我家遇見了很大的困境，父親失業又欠了上千萬的債務，母親因為抑鬱成疾，教學時連著失常最後被學校開除。也就在收到法律查封信件的那天晚上，父親母親帶著當時還小的我自殺了。父親喝了農藥，當場去世，母親服下大量安眠藥帶著我燒炭，當時哥哥剛好回去他原先待的育幼院一趟，等他回到家發現時，已經遲了，也許是在過程中煤炭打翻或者是零星火花飛到了附近的窗簾及家具上，哥哥只及時把我帶出去，回頭時大火已經燃起。

我並不怪小木阿姨知道實情卻不曾回答過我，也不生氣樂樂毫無預警的一通電話打醒我，他們都只是想保全一個人，就像我自私的忘了過去一切一樣。

那麼邵凡失去記憶，也只是對我的懲罰。

曾經，我想著自己永遠都不會愛上一個人，怎想真有那麼一個人打動了我的心，之後我學習著如何去愛一個人，如何大膽直接的去愛。可是回首以後，其實我早就已經無可救藥地愛著他，其實我早就原諒他了；其實我早就放下過去了，只是我自尊太高，等我想通時已經來不及了。

忽然念頭一乍，我抓起披在椅背上的大衣和背包，往裏頭塞了幾件衣服和書，又從櫃子裡抽出幾張歐元和證件放進皮夾。

反手拿起手機還有鑰匙，打開門鎖，匆匆趕上街攔下一輛計程車。

我回了訊息給小彌，又打了電話給小木阿姨。

「我要去朋友家住個三天。」我扯了個謊，要是她知道我想回台灣，肯定不同意。

車窗外的景色因為高速模糊成一片，不清不楚的風景，就如同我這些日子一樣，雖然活著，但卻活的不明不白，總覺得好像缺少了什麼。

電話那頭傳來屏息，「這麼突然？」

「恩。她要帶我去巴黎玩，好啦！電影要開始了，我要關機了。再聊！」我沒有等她便逕自答覆，話說一完伸手按下關機。

記憶如果可以修改，何嘗不是一種悲傷。

那年醫院一別以後，我試著不再去回憶過去那些事，那短短三個月卻曾經好像一生的回憶。也許邵凡這樣也好，把這些都忘了，只留下好的過去，這樣就不痛苦了。

飛機上，坐在隔壁坐日本女孩用不太好的英文和我聊天，聊了幾句後，我便用日文回她，把她嚇了一跳，直說原來我會日文。似乎對遇到能講同種語言的人十分感動。

有時候，我們也只是想，在這落寞的某些時刻，能遇上一位彼此相惜的人，這便是最好的慰藉。

下了飛機以後，我對語言的轉變還有些不大適應，過了幾個窗口以後才慢慢對開口講中文不再陌生。日本女孩再取完行李以後，揮手和我道別。

我沒帶行李，背著背包慢慢走出機場，甫打開手機，就來了通電話。

還沒切換語言，看著來電通知，我自然地開口，「Bonjour.」

「總算聯絡到妳。」

聽見中文，我發覺講錯，正想開口糾正，恐懼忽然油然而生，我認得這個聲音。

「是你。」

「嗯。」電話那頭停頓一下，「這些年妳還好嗎？」

還好。

一時語塞，我想起前些日子得知的訊息，在開口前改了話題，「你、和米米學姊的事，我知道了。恭喜你們。」

我咬著嘴唇，胃有些發脹。

意外地是電話很快傳來回應，語氣比我預想的還驚訝，「我和她？我們沒什麼事啊！」

「邵凡。」我打斷他，我們就別再自欺欺人了，「我時常在想，也許你這樣都忘了多好，忘了我們之間的那些事；忘了曾經認識我。這樣就不會有那麼多痛苦。」

我深深吸口氣，頭底上陽光正燦漫著，身在現實卻忽然好不真實。

面前一輛載著花圈的貨卡車開過，門口兩側放置著大型花束，我側身從中間穿過，聽到電話那頭的話，我停下腳步。

「不，我都都記得。」電話另一端，邵凡輕輕笑出聲。

不由的一怔，不明白他的話。

「有件事，大概是妳誤會了，不管是五年前還是現在，米米對我來說都只是妹妹一樣的存在。」他的聲音很柔，有好幾次在夢裡聽見，真實聽見反而有點不真實。

「不管是失憶的時候或者直到現在，我從來沒有忘過一件事，那就是，」

最後三個字剛好一台大卡車從我身旁震耳疾駛而過，我沒有聽得很清楚，但這樣就夠了。

我用力眨眼，努力不要哭出來。

「你知道嗎？你讓我愛上你，很殘忍。」

分開後的這些日子裡，我荒唐地慶幸能夠愛上他。因為知道真相，所以傷心；因為被蒙在鼓裡，所以感到氣憤，但是我最痛心的是，每每想到、萬一我愛上的不是他。

我想這就是愛情。

「我知道。」

「如果可以我不原諒你，即便知道真相也絕不。」

「這樣也沒關係，因為我愛你。」

我一直設想著，最熱鬧的中央必是最寂寞的，但其實也可能是相反。

這年，白光瑩瑩照亮機場，我獨自一人背著簡單的行李，後方傳來機場提醒登機的廣播，舉著名牌的親友一群一群進入又走出新的一批人群。

站在花間，群花將我圍繞，我慢慢放下手機。

倏然，大片蝴蝶翩然散開。

這一刻，四周慢下。緩緩旋過身，邵凡就站在逆流的人群中央。

「我一直在等妳。」

他朝我伸出手。

（全文完）

要青春18　PG1724

要有光 FIAT LUX

童話式戀愛

作　　者	盼　兮
責任編輯	喬齊安
圖文排版	周妤靜
封面設計	楊廣榕

出版策劃	要有光
製作發行	秀威資訊科技股份有限公司 114 台北市內湖區瑞光路76巷65號1樓 電話：+886-2-2796-3638　傳真：+886-2-2796-1377 服務信箱：service@showwe.com.tw http://www.showwe.com.tw
郵政劃撥	19563868　戶名：秀威資訊科技股份有限公司
展售門市	國家書店【松江門市】 104 台北市中山區松江路209號1樓 電話：+886-2-2518-0207　傳真：+886-2-2518-0778
網路訂購	秀威網路書店：http://www.bodbooks.com.tw 國家網路書店：http://www.govbooks.com.tw
法律顧問	毛國樑　律師
總 經 銷	易可數位行銷股份有限公司 地址：231新北市新店區寶橋路235巷6弄3號5樓 電話：+886-2-8911-0825　傳真：+886-2-8911-0801 e-mail：book-info@ecorebooks.com 易可部落格：http://ecorebooks.pixnet.net/blog

出版日期	2017年8月　BOD一版
定　　價	270元

國家圖書館出版品預行編目

童話式戀愛 / 盼兮著. -- 一版. -- 臺北市 : 要有光, 2017.08
面； 公分. -- (要青春 ; 18)
BOD版
ISBN 978-986-94954-5-5(平裝)

857.7 106013030

讀者回函卡

感謝您購買本書，為提升服務品質，請填妥以下資料，將讀者回函卡直接寄回或傳真本公司，收到您的寶貴意見後，我們會收藏記錄及檢討，謝謝！如您需要了解本公司最新出版書目、購書優惠或企劃活動，歡迎您上網查詢或下載相關資料：http:// www.showwe.com.tw

您購買的書名：________________________________

出生日期：________年________月________日

學歷：□高中（含）以下　□大專　□研究所（含）以上

職業：□製造業　□金融業　□資訊業　□軍警　□傳播業　□自由業
　　　□服務業　□公務員　□教職　□學生　□家管　□其它_____

購書地點：□網路書店　□實體書店　□書展　□郵購　□贈閱　□其他

您從何得知本書的消息？

□網路書店　□實體書店　□網路搜尋　□電子報　□書訊　□雜誌
□傳播媒體　□親友推薦　□網站推薦　□部落格　□其他__________

您對本書的評價：（請填代號　1.非常滿意　2.滿意　3.尚可　4.再改進）

封面設計____　版面編排____　內容____　文／譯筆____　價格____

讀完書後您覺得：

□很有收穫　□有收穫　□收穫不多　□沒收穫

對我們的建議：________________________________

____

____

____

請貼
郵票

11466
台北市內湖區瑞光路 76 巷 65 號 1 樓

秀威資訊科技股份有限公司　　收

BOD 數位出版事業部

(請沿線對折寄回，謝謝！)

姓　名：＿＿＿＿＿＿＿＿＿＿　年齡：＿＿＿＿　性別：□女　□男

郵遞區號：□□□□□

地　址：＿＿＿＿＿＿＿＿＿＿＿＿＿＿＿＿＿＿＿＿＿＿＿＿

聯絡電話：(日)＿＿＿＿＿＿＿＿＿＿＿　(夜)＿＿＿＿＿＿＿＿＿＿＿

E-mail：＿＿＿＿＿＿＿＿＿＿＿＿＿＿＿＿＿＿＿＿＿＿＿＿